Celeste Semião

Contos
e outras letras

Celeste Semião

Contos
e outras letras

EDITORAS ASSOCIADAS

Catalogação na publicação
Elaborada por Bibliotecária Janaina Ramos – CRB-8/9166

S471c

Semião, Celeste

Contos e outras letras / Celeste Semião. – Belo Horizonte: Quixote+DO, 2024.

140 p.; 13,5 X 21 cm

ISBN 978-85-66256-81-9

1. Conto. 2. Literatura brasileira. I. Semião, Celeste. II. Título.

CDD 869.93

Índice para catálogo sistemático

I. Conto : Literatura brasileira

A foto da capa é de autoria de Artur Furtado Gomes e foi gentilmente cedida por Isabel Perdigão Gomes. Agradecimento a Paulo Antônio Rolla Semião e a Maria Rosa Perdigão. Na fotografia: Dona Tereza Rolla Perdigão.

Nesta edição respeitou-se o acordo ortográfico da língua portuguesa de 1990, que entrou em vigor no Brasil em 2009.

Quixote+Do Editoras Associadas
Rua Alagoas 1270 - sala 304
www.quixote-do.com.br
https://www.facebook.com/QuixoteDoEditora/
https://www.instagram.com/quixote.do/
https://www.youtube.com/c/QuixoteDoEditorasAssociadas

Agradecimentos

Agradeço a acolhida aos companheiros e às companheiras:

Alencar Fráguas e equipe editorial da Quixote+Do.

Jurani Garcia, pela competente e fraterna revisão.

Antônio Carlos Pereira, pela leitura com lembranças da luta sindical e a apreciação da prosa – inclusive da prosa assanhada.

Suzana Braga, pela dedicação à enriquecedora análise tão bem expressa no prefácio.

Maria Ephigênia Netto Salles, por sua leitura e reconhecimento de nossa união profissional, política e fraterna.

Sumário

Prefácio

Abrir um livro tem sempre algo de inquietante. Afinal, vamos fazer uma viagem. Como em qualquer viagem, há algo de surpreendente, de não sabido, nesse ato. A viagem da leitura vai nos trazer algo que vem da experiência do autor e da sua capacidade de "fingir tão completamente que chega a fingir que é dor a dor que deveras sente". Mas também algo de nós, leitores, será revelado nesse voo. Ler é montar num cavalo alado, que muitas vezes nos leva ao inusitado de nós mesmos.

Foi com essa expectativa que abri "Contos e outras Letras", livro com que Celeste nos presenteia no alto dos seus 79 anos. São contos que escreveu e reescreveu ao longo dos anos, garimpando, depurando, espremendo cada palavra, cada emoção, exigindo sempre o melhor da escritora. Conhecendo já outras de suas publicações, abro este livro a partir do convite para escrever o prefácio, apresentando-o aos futuros leitores.

Os contos que o leitor vai encontrar são de temáticas e estratégias narrativas variadas, mas todos eles revelam a força de uma mulher de extrema sensibilidade e de muitas lutas. Uma mulher que deixa sua marca em tudo em que colocou os olhos, as mãos e, principalmente, o coração.

Inicialmente, o leitor vai se deparar com relatos criados a partir de fragmentos de lembranças infantis, vai fazer contato com uma menina com fortes afetos e um vigor que não a abandona, por mais que apareçam percalços. A ausência da mãe – objeto perdido desde sempre –, um desejo enorme de se sentir amada, evidenciado no ciúme intenso da irmã rival ou na dor corporificada pelo papelote que repuxava seus cabelos. Mas todas as dores podem, enfim, ser superadas pela magia na festa da coroação de Nossa Senhora, podem até mesmo comover o avô. Ele podia ser visto, finalmente, "despido do faz-de-conta de seu silêncio mineral". A escrita permite que nossos afetos sem nome possam enfim ganhar um contorno. Nessas entrelinhas, podemos nos encontrar com Celeste. Como diz Fernando Pessoa: "eu sou sempre aquele que fica, mesmo quando eu parto".

Depois das ficções tecidas a partir de lembranças da infância, encontramos a adolescente que fazia revolução escrevendo poemas de amor, hinos à liberdade capazes de tocar imponderáveis leitores. Também encontramos Theóphilo, o marido, às voltas com o irrespondível enigma sobre o que é a mulher. A mulher continua em foco no conto *Tesoura e pente*, só que agora o tema são relações abusivas disfarçadas de amor intenso.

Em seguida, o leitor irá encontrar relatos que deixam mais evidente a face militante da autora. O conto *Amor em tempos de Covid* dialoga com os personagens de *O amor nos tempos do cólera*, denuncia os desmandos da pandemia orquestrados pelo "coiso" e também resgata lutas nos tempos da ditadura brasileira. A história de Ana nos lembra o triste destino dos oprimidos desse Brasil. *Companheiros* é uma homenagem aos participantes da luta armada no tempo das ditaduras sul-americanas.

O que Celeste chama de "outras letras" parece se tratar de memórias de seu tempo de militância política. Notoriamente, os relatos se tocam, intercambiam-se com os contos. O que seria fato e o que seria ficção? Será que precisamos fazer essa distinção? Vamos encontrar aqui pessoas nomeadas, companheiros de luta e de fé que irão ler estas páginas, se reconhecer e relembrar momentos de parceria, de lutas e de ilusões compartilhadas. Se o poeta é um fingidor, se diz a verdade em suas mentiras, a memória também falseia, assim diz Guimarães Rosa pela boca de Riobaldo. Há ficção naquilo que juramos que de fato aconteceu. A verdade nos escapa, sempre. O que importa, finalmente, é que a vida se escreve na ficção que tecemos de nós mesmos.

Dito isso, entre memória e esquecimento, entre lembranças e o escrever da história, embarquemos com Celeste nesta viagem literária!

Suzana Braga*

*Suzana Márcia Dumont Braga é psicanalista, doutora em Literatura pela PUC Minas, foi professora da PUC Minas de 1985 a 2010. Atualmente participa da coordenação da Escola Freudiana de Belo Horizonte-IEPSI.

Apresentação

Dezembro de 2023. Eis que surge uma mensagem no celular me convidando para participar de uma obra literária. A minha parte deveria ser a apresentação de uma dezena de pequenos textos de Celeste. A princípio, demorei a me lembrar. Mas logo a conexão se estabeleceu com os primórdios do movimento de professores aqui em Minas. Veio-me a lembrança das companheiras Celeste, Ivone Butaka, Ephigênia, Márcia Mara, da saudosa Rosaura e de tantas mais. Tão corajosas companheiras!

Celeste à época tinha cabelos compridos e, mais que a trajetória de militante social, que transitou da greve na educação à candidatura pelo PT à prefeitura de João Monlevade, entre outros arrojos, deixou em mim uma imagem: a defensora do cumprimento de regras. Para não ser mal compreendido, Celeste estava muito longe de ser uma conservadora, naquilo que a palavra carrega de ruim, mas ela brigava para que regras, naquilo que elas traziam de direitos, fossem cumpridas.

Ao mergulhar em seus textos, o silêncio dos anos foi rapidamente sendo substituído por conexões que pareciam nos trazer para aqui e agora. Alguns mais óbvios, como *UTE*, misto de crônica e memória de um tempo que compartilhamos. Ou *Território Sagrado*, registro indignado e poético que tem como centro a tragédia de Brumadinho perpetrada pela Vale e que ainda nos assombra.

Já nos contos, esse gênero literário que, como ensinou Cortázar, vence o leitor por nocaute, nossa prosa ficou mais assanhada.

Este é um livro escrito por uma mulher, com olhar e

vivência femininos, sem escorregar na tentação fácil do panfleto. Suas personagens não são heroínas, mas mulheres, ou meninas, que trazem angústias, dilemas e, por que não, algumas certezas que nos permitem pisar mais firme, mesmo sabendo que podem balançar amanhã.

Há avós de chinelas na mão e banho pronto, e netas que não entendem uma nova irmã surgida pelas mãos do pai. Há a religião e seus medos, os poemas da adolescente devolvidos pela freira-professora Genoveva, que os confiscara havia anos, e com eles as descobertas da juventude.

Inevitável, quase estereótipo, a jovem militante que se apaixona pelo "professor", nos tempos duros dos codinomes e da ditadura – lembrança sempre marcada –, e "bebia suas palavras vestidas de fogo, que ele, como o próprio Titã, roubava dos Deuses e as endereçava aos corações humanos". Já na redemocratização, o reencontro, e o que parecia uma história quase banal, sobre o tempo que muda as pessoas e suas escolhas, se transforma num *thriller* com final surpreendente.

No *Bem talhada*, Margarida e Theóphilo encenam um balé onde todas as mudanças que fizeram tremer os alicerces do patriarcado vão se deparar com uma daquelas barreiras que, por serem menos visíveis, não permitem o confronto mais aberto: a não aceitação pelo homem da proeminência da parceira. Novamente nossa escritora nos surpreende, e o lugar comum anunciado faz uma pirueta. Enquanto nosso macho sofridamente descobre que, ao invés de querer transformar Margarida, seu problema é não compreendê-la, Margarida, sem pieguices, é a mulher que lhe estende a mão. Pelo amor – o amor que afirma sua individualidade, o amor humano –, novo equilíbrio é construído.

Há muitas e fortes mulheres nesses contos. Mas quero encerrar esta apresentação com *Ana*. Mordido de cobra, o marido morre antes de chegar à cidade. Ela, ainda adolescente, resolve então que iria morar onde houvesse hospital. Foi de tudo, de empregada doméstica, com mãos abençoadas para as carnes e os molhos, a quituteira, balconista, passadeira dos uniformes das crianças dos outros. Criou filho sozinha, foi avó, sempre sonhando com uma casa com pisos de cerâmica e azulejos decorados. Um dia, "Ana viu o vírus deitar-se com ela e confiou no hospital sem a vacina e sem o respirador", e gritou: "não consigo respirar". Retrato, mais um, de um país que parece viciado na injustiça.

Enquanto lia "Contos e outras Letras", tropecei com uma frase de Paul Auster: "A literatura é essencialmente solidão. Escreve-se sozinho. Lê-se sozinho. E, apesar de tudo, o ato de leitura permite a comunicação de dois seres humanos". Depois desses anos todos passados, pelos seus textos, Celeste e eu nos comunicamos. Certamente, muitos outros encontros virão para aqueles que tiverem o prazer de percorrer estas páginas.

Carlão Pereira*

*Antônio Carlos Pereira é professor, participou da fundação da UTE/MG, da CUT nacional e do Partido dos Trabalhadores. Foi presidente da BhTrans, secretário adjunto de Educação de Minas Gerais, vereador e diretor da Regional Centro-Sul de Belo Horizonte e deputado estadual de Minas Gerais. Avô de quatro netos e grande apreciador de tomar cerveja com os amigos.

Aterro

– Sobre o aterro vão correr os trilhos da estrada de ferro que ligará o Prata a Nova Era e, por outro lado, a Saúde.

Ao ouvirmos a conversa do empreiteiro e meu avô, meu irmão me puxou pela mão:

– Vamos ver o aterro.

O aterro prometia nos ligar a Saúde, cidade aonde o pai nos levava, de vez em quando, para visitar os outros avós.

O pai chegava de algum lugar muito longe. Desembarcava da jardineira poeirenta, vestido com guarda-pó, a cabeça coberta com um chapéu bege. Ao entrar, já se despia das peças empoeiradas que não protegiam inteiramente o terno escuro e os cabelos castanhos. Minha avó tratava de garantir que uma das empregadas sacudisse o guarda-pó e o chapéu lá no terraço e escovasse com álcool o terno azul-marinho.

– Amanhã cedo, as crianças vão comigo a Saúde.

Minha avó cedia, cheia de dedos até a hora da viagem. De sua janela, assistia ao embarque cedinho, cedinho... Íamos de jardineira que seguia dificultosa na ponta de um cabo de guerra cuja outra ponta a minha avó puxava de sua janela. Ia sacolejando, furando a neblina da manhãzinha... Minha avó debruçada na janela... Rua de terra, casas encardidas, minha avó presente em sua janela...

Boizinhos brancos em pasto verde... Moita de bambus... Um riacho chuá-chuá... Mais moita de bambus...

Dentro da jardineira, sentado com altivez, o pai se diferenciava do homem infeliz que, vez por outra, nos visitava.

– Seu pai é assim sofrido porque viu a morte dentro da própria casa – disse a babá, atingindo um alvo invisível.

De volta à janelinha da jardineira: uma estradazinha paralela com um carro cantador... O carreiro em pé, a mão apoiada na proteção de taquara trançada... Uma ponte ao longe, muito longe... Lentos os semicírculos das faldas... A Lagoa dos Segredos esquecida ao pé da Serra... Depois, um córrego... Numa margem barrenta, os cedros verdadeiros co'as raízes, vida inteira, açoitadas pelas águas, desnudadas e espalhadas pelas ribeiras e pela vargem.

Saúde. Rua da Vargem. O casarão branco; azuis as janelas, portas e os cunhais. Para mim, visão singular, sem lastro na memória. Já meu irmão reconhecia tudo de imediato. Percorria o casarão e o quintal com muitas goiabeiras, uma fornalha e um tacho de cobre à espera do tempo das goiabas.

– Essa menina é doente? – quis saber a tia. – Fica o tempo todo no banco da cozinha, ao pé do fogão apagado.

A voz do pai me animava, como também um retrato na alta parede da sala.

– Somos nós – ele disse.

Emoldurada por madeira escura, debaixo de vidro empoeirado, aquela enorme família. No centro, os de roupas pretas. Depois vinham as roupas invariáveis. Deveria lembrar?

– Essa é sua mãe, que Deus a tenha.

– Não vejo seu rosto.

– A parede é muito alta, por isso – o pai explicou.

De volta ao meu desânimo sem causa, ou de causa escondida nalgum canto escuro, tão escuro que não dava para ver, eu contrastava com o meu irmão, que se mostrava consciente do que esperava encontrar em Saúde. Algo que ele achava tão importante que sofria quando acabava a visita. Depois que o pai sofrido nos entregava ao colo macio de minha avó, meu irmão corria, desesperado, atrás da jardineira em que o pai embarcara para voltar à vida que ele reconstruía longe de nós.

O pai, cada vez que aparecia, remetia meu irmão ao paraíso perdido e alimentava sua esperança visível e outra invisível. Ele me contagiava. O aterro faria a nossa ligação com algo perdido. Eu incorporava sua esperança.

O aterro nos fascinava. Os flancos dos montes sendo escavados para a construção da estrada de ferro. Montanha de terra instável escorrendo até o rio. A terra, chiávamos nela até beira-rio. Quanto mais brincássemos na terra, mais depressa a ligação ficaria pronta. Brincávamos esperançosos; meu irmão com esperança em algo que conhecia; eu construindo meu aterro com as coisas que aprendia por ouvir dizer, enquanto os caminhões basculavam as caçambas cheinhas da terra dócil e vermelha escavada dos barrancos.

Margarida, lá da rua:

– Sua avó tá chamando!!!

Minha avó nos esperava com a chinela na mão e o banho pronto. As chineladas não nos impediam de voltar ao aterro no dia seguinte e seguinte e seguinte... Até que...

Num dia de janeiro, quando eu compreendia as coisas sem precisar que me dissessem, meu irmão e eu vimos, deslumbrados, o pai desembarcar da jardineira trazendo uma menina vestida de nuvem branca com bolinhas azuis. Não caminhava, flutuava vaporosa.

– Sua irmã caçula – o pai apresentou-a.

Aquela apresentação me embaralhou:

– Agora tenho duas irmãs caçulas?

– Ela é sua meia-irmã – explicou a babá – e vai dormir no seu quarto, viu?

– Amanhã cedo, vamos para Saúde – anunciou o pai.

A presença da princesinha mexeu com a casa. A babá vestiu-lhe uma roupa para brincar e sacudiu a poeira da preciosidade de bolinhas azuis, exclamando antes de pendurar o vestidinho no guarda-roupa:

– Lindo! Né?

Mais lindo ainda porque minha avó prendeu-lhe um pequenino buquê de miosótis no peito.

Ah! Então é assim? Fora de mim, me armei resistindo ao sono: saí de fininho para o aterro, vestida com o organdi da filhinha que não era eu. Nas mangas curtas, meus braços magricelos; minha pele morena à mostra. As brumas inquietas do Rio Prata a me camuflarem. Só eu me via. Plantei os pés na terra fofa e esperei o primeiro caminhão, desafiadoramente, com as duas mãos na cintura. O grunhido da pá carregadeira abocanhando o barranco, girando na haste e despejando a terra dócil na báscula. Uma vez, duas vezes, vezes sem conta. Pronto! Meus pés plantados não arredariam dali, à espera do meu próprio enterro. O vestido se rasgando ainda mais. Meu corpo a cair de ponta-cabeça no vácuo, buscando às cegas me agarrar a um ramo teimoso de um arbusto sobrevivente à avalanche. O que restou do vestido de bolinhas azuis, enterrei-o e fui embora. Entrei sorrateira pela cozinha e ganhei o comprido corredor. A casa continuava do jeitinho que eu deixara.

Então é assim? Não deram falta da minha pessoa? Estavam todos em volta da princesinha?

Eu suava, desperta. Margarida mostrava-se impaciente porque eu despertara e não conseguia voltar a dormir. Se não dormir...

A presença da nova irmã em meu quarto mal alumiado pela lâmpada que mais parecia um tomate na ponta de um fio que pendia do forro me afligia e não espantava a Cuca instituída pela babá impaciente porque despertara de madrugada. Se não dormir, a Cuca vem pegar. Peguei a pera na ponta do outro fio que brotava da parede e acendi o tomate, que, mesmo aceso, não intimidou a Cuca – colega de quarto, de corpo longo coberto de escamas verdes. A espinha dentada ornada por um par de asas bem grandes, muito maiores do que as asas das galinhas quando ultrapassavam a cerca de bambu pra alcançar a horta, num voo curto, sem graça. A Cuca, sempre elegante, num salto escapava para a noite lá fora. Meu olhar a acompanhava pelo vidro da janela, seus cocurutos em linha horizontal, seu trote sobre os fantasmas das montanhas e os telhados vestidos com as brumas inquietas do rio. Trotava sem ter onde descansar. (Nos quintais das casas, havia estrebarias para descanso de cavalos, não de Cucas, pois não gastavam estribos nem selas.) Cansada, voltava a passear pelo quarto de dormir. Mostrava-se terrível em noites de tempestades, à luz fulgurante de um raio. Para espantá-la, não adiantava acender o tomate. Ousaria? O medo imobilizava. Ai de mim se chorasse! A babá surgia como por encanto:

– Quer acordar os hóspedes? Pode voltar a dormir, senão... as chineladas.

Como voltar a dormir?

– Eu não fiz nada!

– Não fez não! Pode dormir que ainda não é hora.

– Tá.

Eu sempre concordava com Margarida. Ela sabia tudo sobre as princesas vestidas de organdi, sabia sobre o Saci e a Mula-sem-cabeça, sabia até onde moravam os Botocudos a quem ela chamava de Bugres.

– Não olhe pro céu à noite. Lá moram os bugres. Não deixe que eles te vejam.

Eu obedecia sem perguntar quem mandou os bugres morarem no céu. Sabia que era para o meu bem, por isso passava agachada diante da janela aberta. Nem ousava contemplar o céu pontilhado de estrelas. O céu de prata pura. Ante aquele imenso céu estrelado, os tomates se humilhavam. Em seu esforço para cumprir sua obrigação, eram auxiliados pelos lampiões de manga que moravam num armário de tábuas rústicas numa pequena copa antes da cozinha de pedra e fogão a lenha. À noite saíam para o refeitório do hotel de minha avó e o bar de meu avô. Os do bar regressavam depois da meia-noite. O relógio do Rosário, eu ouvia, dava doze horas como badaladas de um sino, aí se seguiam os passos dos empregados subindo a escada.

– Fecha os olhos. Olha pra dentro! – Margarida sussurrava pra não acordar os hóspedes. Sussurrar era seu jeito de falar como se pedisse desculpa por possuir uma voz. Diferente da cozinheira, que berrava com a copeira e o coitado que servia o café, almoço e janta.

Margarida era a mais sábia de todos os empregados. Minha avó a tratava feito uma filha. Sentia por ela profunda gratidão por ajudá-la a nos criar: meu irmão mais velho, minha irmãzinha e eu – a do meio. A outra do meio, minha tia estéril pegou para criar. O limite dos cuidados de Margarida foi estabelecido sem que ninguém determinasse: o uniforme escolar.

Pouco antes do uniforme escolar é que o pai nos chegou acompanhado da menina loura. Meus olhos se encheram de espanto. De espanto ante a menina de leite sob a luz das lâmpadas fraquinhas de luz avermelhada feito um tomate. Até seu choro me pareceu branco.

– O que foi, filhinha? (perguntou o pai aflito). Do outro quarto, ouvira o choro e correu a acudir.

Distingui o olhar do pai para mim. Distingui o olhar de Margarida:

– Você beliscou a menina! Margarida me acusava e condoía-se da estranha. Ah! Então é assim, Margarida? Cadê as chineladas? (não perguntei)

– Foi a Cuca (me defendi).

Os olhares fortes caíram sobre mim como facas afiadas. Meu avô, minha avó, o pai, a babá – juízes num julgamento. Já me preparava para as chineladas quando a meia-irmã me olhou sem facas, o azul de seus olhos molhados me envolveu e, com a voz mais doce do mundo, desarmou a chinela:

– Eu chorei porque estou com vontade de comer azeitonas.

O pai pegou a chave do bar com meu avô. Desceu a escada e buscou as azeitonas. A meia-irmã comeu-as, tranquila, madrugada adentro. Não era mais a meia-irmã, e sim a irmã inteira. Cem por cento minha irmã por toda a vida.

Dormia a sono solto, quando a voz de Margarida me acordou: – Venha se despedir. Seu pai e sua nova irmã estão de partida –. Foi um adeus de abraços comovidos. O pai pegou a mala, segurou a mão da menina cujo vestido branco inexistia na claridade da manhã e as bolinhas azuis como balõezinhos de sonho brincavam nas nuvens de organdi.

Embarcaram, como tinha que ser.

Meu irmão não correu atrás da jardineira e nunca mais me chamou para brincar no aterro.

No mês seguinte, vesti o uniforme que minha avó costurou para mim e fui para o Grupo Escolar.

Louvando Maria

Naquele maio, esquivei o encontro com a empregada. Mas o que eu esquivava mesmo era a dor. "Seus papelote, viu? Sai pra rua, não, menina, que hoje é seu dia de coroar Maria." Mas eu escapulia e me livrava também das risadas dos meninos quando saía pra brincar sem a segurança de quem tem cabelos.

Lá de fora, dava pra ouvir a empregada a me chamar pelos quatro cantos, mas eu já alcançara o adro da igreja caiada de branco com seus cunhais azuis.

O adro, terreno sagrado... Em frente à igreja, lajes com inscrições em latim – escuros túmulos dos fundadores da cidade. À direita, o alegre coreto – palco dos dobrados da banda de Pelágio, dos números de mágica, dos concursos de adivinhas –, as alamedas por onde desfilavam os brincantes do Congado e a solidão de um chafariz de pedra no centro de um redondo lago seco.

À esquerda da igreja, uma procissão de palmeiras de cujos leques já descidos a gente fazia um balanço bom. Nossas mãos agarradas às franjas tornavam-nos pingentes voando em volta dos troncos seguros pelo apego das raízes à terra. Os leques caídos no chão eram canoas navegando morro abaixo de uma rampa roçada todo mês de Maria. "Cada chiada leva só dois!" Morro acima, os pés desafiavam os restos de mato seco, os espinhos de juá, picões e carrapichos. Ah! Havia os araçás e, atrás deles, o pique-esconde. "O pegador não me pega!" Mas pegava minha mão e a enchia das frutinhas agridoces. "Come, boba!" De repente, a voz de Tia Eulália: "Já pra dentro, menina! Pra dentro já! Se não entrar agora, leva uma coça!" "Tô iiiiiiiiiiiiiiiiiindo"...

Dentro de casa, o afã da coroação: a prova das vestimentas de cetim, descidas as bainhas da barra e das mangas. "Cosa mais arminho pra disfarçar as marcas". A prova das coroas de rosinhas, miosótis e chuva-de-prata – arte da minha Avó – e das asas de pato, cujo cheiro de formol subiu comigo, vez primeira, ao trono da Virgem. "*Vua*, Marina" – dissera meu irmão, acreditando nelas. Com o tempo, ele passou a duvidar daquelas asas – "Pata-choca!" – e a debochar dos papelotes.

Ai, os papelotes!... Minha cabeça inclinando-se no sentido dos puxões pra diminuir a dor... Puxões e repuxões... Entrava maio, saía maio, os dolorosos papelotes... Mas, naquele ano, revoltei-me: "Não quero mais papelotes!" A intervenção de Tia Eulália: "Atrevida!" Minha coragem secreta me acudindo: "Não quero!" Tia Eulália me sojigando: "Pra ficar bonita, tem que penar!" Dominada, jurei vingança: "Não canto o canto da coroa! Pronto!" "Ah, não? Atrevida!" Um safanão de Tia Eulália não demorou: "Atrevida!" E eu aos gritos. A calma de minha Avó: "Dia 17 de maio é sagrado – aniversário de sua mãe. Conto com você, minha filha". Pronto. As palavras mágicas e as inevitáveis lágrimas cada vez que se referia à sua filha no céu. Enfrentei sua dor inextinguível: "Eu não quero mais os papelotes!" A surpresa decompôs o rosto das duas: "O que deu em você?" As duas mulheres pareciam nuvens – ora densas, ora esgarçadas, ora juntas ou separadas, armando cada qual sua tempestade. Mas, naquele dia, as nuvens haviam se juntado no anil, e os beliscões de

Tia Eulália, de aprovação unânime, eram mais torcidos que os papelotes. Passei a matutar minha vingança: "Não canto o canto da coroa. Pronto." A ideia da vingança me apaziguou, e fiquei por ali, cuspindo na mão e voltando o cuspe à boca. Tia Eulália irritada: "Chega dessa porcaria!" Até a empregada aproveitou minha fraqueza pra demonstrar poder: "É pra esperá os papelote secá, viu?"

À espera de que meus fios retos se tornassem caracóis, vagava pelo corredor, quando vi, semicerrada, a porta do quarto/oficina onde minha Avó fazia flores. Ela era a mais famosa artesã da região. Fazia flores para os anjos, as noivas, os vestidos de baile. Seus buquês e suas coroas eram muito apreciados. Só meu Avô não lhes dava apreço. Ele tinha um jeito estranho de ver as coisas. Sua presença eram os passos forjados no cotidiano de seu bar, nas rangentes tábuas do corredor. Chegara de viagem um dia antes da minha Coroação, assim como poderia ter chegado um dia depois. Ao almoço, sentava-se no Hemisfério Norte, e minha Avó, no Sul. No centro da mesa, as batatas quentes sob o queijo gratinado. Naquele dia, minha Avó, as unhas cuidadas, arranhou o ar, tirando uma frase do baú de seus mistérios: "Hoje, a Mãe de Deus ganhará uma coroa nunca vista." Meu Avô, apenas o silêncio de minério de ferro no íntimo da serra... Tia Eulália preocupou-se: "A chuva-de-prata acabou. O que vai ser no miolo das rosinhas?" Minha Avó, atiçando o fogo: "Depois eu conto." O olhar mineral de meu Avô perdido nas montanhas contrapunha-se às chispas vibrantes dos olhos de minha Avó. E eu os via através de minha revolta...

Mais tarde, debruçada à janela aberta ao zéfiro de maio, eu ruminava a liberdade tolhida. Lá fora – que raiva! – meu irmão brincava com a meninada da rua. As meninas faziam o *Passa, passa, passará*. E decretavam: "Céu e inferno!" Uma tristeza de morte me invadia enquanto admirava a rua...

A nossa rua... Travessa Tatão de Bentinho – expedicionário de Monte Castelo. "Por mais terras que eu percorra, não permita Deus que eu morra..." O enterro... O caixão coberto com a bandeira do Brasil... A Mater Dolorosa... O Sagrado Coração de Maria trespassado por uma lança... As gotas de sangue pingando nas almas enfileiradas, envoltas em silêncio e luto... Nosso endereço: um nome do além-túmulo...

No plano mais alto, integrado à rua de cima, o palco cativo dos fogos de artifício – rodinhas de trinta tiros, foguetes e busca-pés –, reino de Seu Joaquim Fogueteiro... Numa manhã, entre uma e outra brincadeira, um menino resolveu imitar Seu Joaquim. Quem se atreveu? Liberato. Os dedos da mão direita perdidos para sempre... Os esguichos de sangue... A correria... O pai que daria sua própria mão pra salvar a do filho... "Por quê?" A ausência de resposta... Sobre seus ombros, o pesado andor vida adentro...

"Menina! Ô, menina! Não adianta ficar aí repaginando a rua, que você só sai na hora certa. Vá pra cozinha encher os cartuchos de doces e não se esqueça: quero o canto na ponta da língua, hem?"

A cozinha, entre o almoço e a janta, parecia dormitar. Esse sossego era embalado por um calango de lavadeira que vinha da fonte: "Quero brincá, memo se uma peia me agarrá..." Mas naquele dia a cozinha fervilhava numa arrumação sem descanso: mexer os doces no tacho de cobre na trempe do fogão a lenha, tirar o ponto, despejar na pedra, cortar, secar, encher os cartuchos de papel crepom... Lavar vasilha, secar, guardar... Desarrumar tudo e arrumar outra vez...

Naquela lida, eu ouvia, vindo do corredor, o tropel apressado de Tia Eulália e Zé do Bar e a ordem de minha Avó: "Uma bateria atrás do altar." Depois, minha tia e o empregado do bar passaram a ir e vir da igreja, e minha Avó voltou à oficina, e eu a segui, espreitando seu mistério.

Do corredor, eu vislumbrava seu fazer pela porta semicerrada, e podia ver o corte do tecido de cetim... as peças abertas... o ir-e-vir do ferrinho de cabo de madeira já chamuscado nas brasas do ferro de passar... a ponta esférica, quente e limpa, afundando, pétala a pétala, nas rosas sobre a almofada... o estalar do cetim encorpado... a almofada firme entre as coxas da artesã... o ferro em brasa encrespando as flores...

Entretida assim em seu ofício, a minha Avó se parecia com a Madona Morena de fartos seios, com a Criança no colo que assistia num dos altares parietais da igreja. Só que em seus cabelos as imbaúbas já davam o ar da graça... De repente: "Marina, venha aqui." Gelei, mas a coragem me acudiu e, cabisbaixa, para que ela não visse a vingança em meus olhos, entrei na oficina. "Esta é uma coroa nova pra Mãe de Deus e..." Enquanto ela me explicava como deveria agir, eu fitava o assoalho varrido, esfregado, de gretas entupidas de Parquetina... "Conto com você, minha filha. Não faça feio." Mas eu só ouvia a minha determinação de fazer feio. Não vou titubear – afirmei a mim mesma, enquanto, no terreiro, a catinga-de-crioula fazia a festa e a viração de maio abanava os leques das bananeiras... "E vá se aprontar pra não perder a hora da coroação."

O ritual da coroação... O saimento da procissão... O andor... A banda... As fileiras de fiéis entre as correntezas dos sobrados endossados uns aos outros...

O hino da entrada: "Ave, ave, ave, Maria..." Ocupadas as bocas que, dantes, murmuravam ladainhas... No altar da capela-mor o padre com sua capa dourada e os meninos da rua vestidos de coroinhas... A entrada... Uma legião de anjos, de madeixas encaracoladas tais e quais as volutas das peanhas e asas abertas quais as dos anjos que encimavam os capitéis das colunas menores, movia-se passo a passo, no meio da nave, sob vítreos olhares das imagens de Servas... E subiam as asas empalhadas, degrau a degrau, pelas espirais brancas e douradas – arte de Dona Naná Braga –, para alcançar a imagem de Maria... "Ao trono acorrendo..." A posição de cada menina já conquistada... De cima, meu olhar abarcava o mar de gente... Minha Avó no banco da frente, decerto sem a presença de meu Avô, que não tinha tempo pr'essas coisas. O canto da entrada finando... As vozes sobrepondo-se ao silêncio: "Aceite estas flores..." Nas paredes, as rocalhas e as flores-de-lis de Ataíde... O estribilho... A palma nas mãos postas... "Aceite, ó Mãe..." O estribilho... Minhas mãos trêmulas... Minha vista alcançando o mar de gente... Era a hora de cumprir minha jura... Porém, o susto – a figura inconfundível de meu Avô ao pé da Madona Morena, com a Criança no colo... Titubeei... O Divino me olhava do teto entre outros afrescos azuis, vermelhos e brancos. "Honrar pai e mãe!" E a voz de minha Avó me sussurrava: "Faça bonito, minha filha." Tia Eulália atrás da cortina de cetim: "Levante a coroa." Então, levantei vagarosamente a coroa nova. "Oh!" Toda ela se acendeu de luz verdadeira... O mar de gente admirado: "Oh! É luz de verdade!" Um silêncio embasbacado... Meu Avô, os olhos presos na tiara iluminada por lâmpadas pequeninas, pequeninas como estrelas cintilantes nos miolos de cada rosinha... Minha voz ocupou todo o espaço da nave muda ante a arte de minha Avó e a habilidade de Tia Eulália... Em alto e bom som, entoei meu canto, desci lentamente a tiara de luz e cingi a fronte de Maria.

Cumpri, assim, uma obediência à minha gente. Senti minhas asas leves quais as de uma borboleta. Depois, campainhas, incenso, fogos de artifício...

Na amplidão do adro, as vozes das figuras sob o luar em contraponto ao alarido na fila do empurra-empurra pra ganhar cartucho de doces... Os cumprimentos reverentes... Tia Eulália agradecida... Minha Avó, a própria Senhora da Glória... Meu Avô, os passos apressados, que não o vissem despido do faz-de-conta de seu silêncio mineral... Todos sumindo na névoa fria de maio, sob a minha vista molhada pelo sereno da noite...

Tarde

Dedico este texto a Elza Alves, a Terezinha Bretas e a todas as colegas do internato.

As crianças na escola. A cozinha arrumada. O marido no trabalho. A janta, só esquentar. A tarde livre até a hora de buscar as crianças.

Gozaria o silêncio, não fosse o som contínuo da sinterização tão próxima. O sol, não fossem as baforadas de pó de minério expelidas pelas chaminés. Um merecido descanso, não fossem as nuvens carregadas em tons de chumbo e ganga.

A tempestade prometia. Fora do comum, a ventania açoitava o manacá do jardim. Um ramo procurava abrigo, tentando entrar em casa, emaranhando-se na grade da janela. Eu forçava as duas bandas internas a se fecharem, em vão. Varando o emaranhado de grade e ramo, entrevi a desconhecida ao pé da rampa. Que louca! Atrever-se a enfrentar o tempo hostil. A figura subiu a rampa. Suas roupas esvoaçando, aproximou-se da porta e tocou a campainha. Flagrou-me no ato de fechar a janela:

– Trago-lhe uma encomenda!

Durante alguns minutos, enfrentei uma briga com o receio, e acabei abrindo a porta à desconhecida. Talvez fosse uma dessas criaturas extraordinárias que, de casa em casa, faça chuva ou faça sol, distribuem mensagens espirituais.

– Está lembrada de mim?

A feição era tudo o que meu entendimento alcançava.

Nem seu olhar risonho interrogativo despertou alguma semelhança com gente conhecida.

– Vou lhe dar uma pista: Itabira. Colégio Nossa Senhora das Dores.

A pista valeu para que a convidasse a se sentar. Não se parecia com qualquer colega do curso de Magistério.

– Quando ingressei, você já devia ter seus dezesseis ou dezessete anos. Estava na turma das formandas – esclareceu a visitante.

– Ah! (fingi me lembrar).

– Admirava seus poemas de Amor.

E essa agora? Tinha que buscar as crianças na escola! Daqui a pouco vai cair um temporal. Por acaso, posso me entregar a papo de adolescente?

– Poemas? – repeti, frouxamente.

– Sim. Passavam de mão em mão, às escondidas. Enganávamos as freiras direitinho. Menos a Irmã Genoveva, lembra? O terror das alunas? Nada lhe escapava. Acho que escutava o barulhinho quando você destacava a folha do caderno onde escrevera o poema. Seu bote era certeiro.

Escapei de demonstrar impaciência, devido ao tilintar do telefone. Pedi licença e atendi. Era a vizinha se oferecendo para trazer as crianças – nossos filhos estudavam juntos. Costumávamos revezar a carona.

Após o telefonema, a mulher iniciou suas despedidas, preocupada com a ameaça de chuva. Antes, porém, revelou ser sobrinha da Irmã das Dores, que se achava no asilo das freiras no bairro São João Batista, juntamente com outras, inclusive a Irmã Genoveva.

– Precisa visitá-la. Ela ainda consegue reconhecê-la.

Pessoa generosa – avaliei enquanto se despedia –, dá-se ao trabalho de vir todo mês visitar a tia asilada, mostra-se acessível ao favor de entregar em mãos uma encomenda.

O pacote que a visita depositou sobre a mesa olhava-me de óculos.

– É uma encomenda da Irmã Genoveva. Pediu que lhe fosse entregue.

Como assim? Depois de espezinhar-me tanto no Colégio, agora, no fim da vida, me escreve? Um episódio de que nem me lembrava mais veio à tona.

Certa feita, Elza Alves lia um dos meus poemas, logo durante a aula da Irmã Genoveva – a professora mais onça do que qualquer jaguatirica do Cerrado.

– Elza, leia o texto.

Elza, muda.

A Irmã Genoveva com todo rigor:

– Não está acompanhando a lição? Que papel é esse?

Elza, quieta.

– Entregue a papeleta!

Elza, paralisada.

A Irmã Genoveva desceu do tablado e se dirigiu à carteira de Elza, que embolou o poema dentro da mão fechada.

– Entregue já.

Elza não teve escolha diante da face exigente. Talvez impressão ou..., ao desamassar vagarosamente o papel, flagrei um leve sorriso na face aterrorizante da Genu (apelido com que as alunas a mimoseavam). Não era a primeira vez que as rugas dos cantos da sua boca suavizavam levemente... Impressão, é claro. Por que lhe daria algum desconto? Ela era o terror do Colégio. Entregava tudo para a madre – o Colégio inteiro sabia disso.

Outro ponto da intransigência da Irmã Genoveva: aula, para ela, era sagrada. Nunca deixava de tomar a lição da aula anterior. Lembro-me de ter errado o emprego do *ch*. De cachoeira, ela derivou para cabelos cacheados.

Até hoje, ao me banhar na cachoeira da Serra do Cipó, sinto os cachos d'água debruçados nos ombros da serra, cosendo um véu de noiva até os meus pés mergulhados no lago. Muito temida a Irmã Genoveva! Ai de mim se errasse o *ch* dali em diante! Outro ponto é que não admitia fizessem pouco de suas aulas. Elza achou de ler o pecado exatamente durante a aula da Irmã mais rigorosa da escola. Naquele mesmo dia, a Irmã Genoveva, de carteira em carteira, recolheu uma dezena de poemas de Amor. Uma dezena do que aquele bando de pinguins considerava pecado.

Entre as pecadoras, havia a Lúcia, que nunca foi pega. Desde a primeira noite, no dormitório do segundo andar, enquanto a minha voz se trancava, repudiando as orações da noite, Lúcia, na cama ao lado, sussurrava palavras intercaladas com as ave-marias:

– A esperança... é o tempo...vai passar.

No estudo, Lúcia guardava em sua carteira a Folhinha Mariana e ia marcando um X sobre os dias decorridos.

– Pense: hoje é um dia a menos na gaiola. Um dia a menos de uma pena da qual falta ainda um ano inteiro, à mercê de negros véus e pesados rosários de ave-marias e pais-nossos em madeira de lei.

Lúcia sabia enrolar o tempo, marcando-o e bordando – o bordado constituía a principal atividade daquela escola. Acredita-se que as maiores bordadeiras do mundo tenham-se formado no Colégio Nossa Senhora das Dores, em Itabira do Mato Dentro. No final do ano, havia a exposição dos bordados. Igualavam-se, em excelência, aos da Ilha da Madeira.

Lúcia bordava compulsivamente – a maioria das alunas fazia assim, enquanto eu pelejava com um único trabalho, que jamais participaria da exposição. Não era minha praia. Então trocava poemas por alguns minutos de bordado alheio numa toalha que tinha gastado o ano inteiro para completar – valia nota com o mesmo peso das outras matérias. Precisava do diploma de formatura. Não podia repetir o ano por conta da nota em Trabalhos Manuais. Além do mais, cheguei ali vinda de outra escola que valorizava a leitura e a escrita. Necas de trabalhos manuais.

Dito assim, parece não haver outra motivação para uma escrita com tanto risco de castigo. Para cada papel apreendido, a madre aplicava o castigo a ser cumprido após o estudo da noite. Enquanto as outras já dormiam, eu me encostava numa parede do escuro corredor e fechava os olhos. Mesmo de olhos fechados, enxergava a escuridão. Vinha-me à mente a cadeia da minha cidade. Quando pequena, achei-me atrás do Fórum, onde ficava a cadeia. Acostumara, ao voltar do campinho, a ver ali, através dos quadrados vazados entre as barras de ferro, três presos. Eles criavam brinquedos e os vendiam pelos espaços vazios: caminhõezinhos, piões, bilboquês, papa-vento. Lembro-me de ter pago um papa-vento com a quantidade certinha de moedas que minha avó me dera – nem mais, nem menos.

– Quanto é o papa-vento?

– Dois tostões.

– Qual loja?

– Perto do campinho.

De posse do brinquedo, criança feliz, desci, desembalada, morro abaixo, as preciosas asas da Liberdade papando o vento. O preso também sabia fazer asas da Liberdade que lhe permitiam voar com os pés na prisão. O corpo preso, e a Liberdade solta dentro dele, num lugar onde ninguém alcança, ninguém pode prendê-la.

Os castigos em pé, no corredor escuro, não sei se por obra de Deus ou de algum pinguim com um pouco mais de compaixão, foram substituídos por leituras obrigatórias na biblioteca. Lúcia me advertira:

– Os pinguins não são iguais. Não envolva todos numa massa única devido ao seu inconformismo.

De acordo com Lúcia, algum pinguim mudou o castigo para a biblioteca. Pilhas de vida de santas para ler.

– A Vida de Maria Goreth, viu? Para aprender a virtude.

Aprendi nesse livro – nunca antes tinha ouvido falar – o que é uma greve de trabalhadores. Mas a defesa da virtude de Maria Goreth pouco ou nada valeu. Os meninos ocupavam nossas mentes, significando o mais saboroso assunto durante o recreio. Em cada panelinha as histórias de namorados fervilhavam. Como já estudara em classes mistas, do curso primário até o ginásio, em minha cidade, tinha muito o que contar sobre os ternos meninos de pés sempre maiores que os sapatos pretos e as meias brancas.

Outra virtude que fervia nas panelinhas: as horas dançantes frequentadas durante as férias, ao som de um toca-discos, os passos aprendidos com o amigo Pé de Valsa.

Chá de cadeira – babado mais de metro.

Rosto colado gerando uma energia boa que fingíamos não saber, mas sentindo-a circular até pelos capilares.

– O rosto não, boba, todo mundo vê. Cole o resto. Ninguém arrepara.

Doces amigas dos jardins secretos! Às escondidas, a Liberdade de ir sendo...

Outro objeto da virtude: o primeiro amor. Acontecera-me nas últimas férias, durante a festa de casamento de uma prima, em Rio Doce. Festa de fazenda, doces beijos sob as mangueiras... até hoje acrescento a manga para enriquecer as saladas.

Os jardins secretos e os poemas fundaram o alento naquela distante quadra da vida de todas nós.

Fizera parte dos jardins secretos a desconhecida que, indagorinha, se despediu, alertando-me antes de partir:

– Soube pela Irmã das Dores que a Irmã Genoveva é que convenceu a madre a mudar a forma do castigo. Além do mais, ela defendia a virtude, como também a Pedagogia. Para ela, a virtude e o ensino eram sagrados. Se tivesse entregue seus poemas, como poderia devolvê-los neste momento? Pense bem: Judas sempre pode haver entre nós.

Dito isso, desceu a rampa, sem susto, que a tormenta se dissipara. Passou pelo portão e ganhou a rua.

Ainda impactada pela revelação, voltei os olhos para a encomenda. A presença sobre a mesa já não me olhava de óculos. A memória do corredor não mais me aconselhava a dar-lhe as costas. Ensaiei duas vezes antes de enfrentar o mistério. Abri a missiva. Uma dezena de folhas de caderno escritas à mão, com esferográfica, se espalharam sobre a mesa. Meus olhos marejados pelejavam para ler o conteúdo semelhante à calda de caramelo vitrificada e quebrada em vários pedacinhos. Fui tomada por um sentimento que nunca imaginara pudesse residir nalgum canto escondido da alma. Li a carta da Irmã Genoveva, dizendo que me restituía os poemas que conservara consigo. Pediu que eu rezasse o Lembrai-vos, diariamente.

A tormenta se dissipara, abri as duas bandas internas da janela. Atapetaram o assoalho da sala as flores de duas cores do manacá despencadas do ramo invasor pela força do tempo.

Ainda catava as pétalas brancas e lilases quando as crianças voltaram da escola, assenhorando-se do silêncio da casa.

Bem talhada

"Hun tal home sey eu, ay bem talhada
que por vós morr..."

D. Denis

Nesta manhã, os parentes, vizinhos e amigos de Theóphilo, convidados para conhecer sua obra-prima, encontram-se no sótão de sua casa, em torno de uma mesa, saboreando café com pão de queijo, conversa vai conversa vem, na esteira da expectativa de que se desvele a escultura artística que tanto dera o que falar.

Guardada a roupa de trabalho na usina, os colegas se arrumaram com *jeans*, camisa polo e tênis com a etiqueta à mostra. Quase outro uniforme. Theóphilo considerava apropriados os uniformes de braços dados com os vestidos lisos na missa de domingo... vestidos cada vez menos lisos... cada vez menos uniformes por culpa de sua mulher Margarida, que não aprovava os uniformes. Os vestidos de Margarida possuíam adjetivos. Os adjetivos de Margarida flexionaram de acordo com a vida. No tempo de estudante, tivera modesta participação nos movimentos estudantis, o que lhe acrescentou um grau social que se desenvolveu e se tornou imprescindível quando passou a lecionar e participar dos protestos contra as precárias condições de trabalho e salário do Magistério. Nem Margarida nem suas companheiras, a partir da greve do Magistério de setenta e nove, continuaram a se encaixar em modelos aprovados pela usina. Distanciavam-se cada vez mais do controle da Belgo-Mineira. Theóphilo sentia-se constrangido diante da empresa. Tentava convencer a mulher a amenizar os movimentos das professoras:

– Que exagero!!! É preciso uma greve?

– É greve porque é grave! – respondia, resoluta, Margarida.

Por essa e outras, Theóphilo teria desistido do casamento, não fosse Margarida ter adquirido um grau especial na arte de Amar e cozinhar que muito lhe interessava e, nessa parte, condizia com o uniforme. À noite, enquanto a ervilha lhe tirava o sono, a mulher dormia muito bem sobre sementes de romã. Theóphilo sentia-se dividido. Mais dividido ainda quando os movimentos sociais frequentados pela esposa encontraram aprovação na cidade, na região e no país. Os vestidos de Margarida tiravam-no do lugar. Não sabia o que fazer para que Margarida quisesse o que ele queria, confidenciou ao amigo mais chegado.

– Ora – respondeu-lhe o amigo –, Margarida é professora, faz parte da categoria mais organizada, unida e forte de Minas.

– Por que ela leva a bandeira?

– Porque é distinta.

A conversa com o amigo instalou nos pensamentos de Theóphilo um desejo de distinção. Entre lingotes e fios-máquina, passou a construir um atalho para satisfazer o desejo ardente que pulsava em suas veias, a partir da frase que martelava seus ouvidos: "porque é distinta". Percorria o atalho de cá pra lá, de lá pra cá, caçando um meio de se distinguir mais que a mulher.

Margarida, a princípio, não se inteirou desse estado do marido, porque andava irritada pelo sumiço de um livro de Simone de Beauvoir, que deixara em seu criado-mudo, o mesmo que a empregada resgatou do lixo. Algum engano dela, com certeza. Jamais duvidaria de Theóphilo. É um bom homem. Todos os colegas gostam dele, assim como todos os vizinhos, amigos, até mesmo suas amigas manifestam uma queda por ele. Sem dúvida, casara-se com um homem merecedor de todo o seu amor e carinho.

O carinho da esposa não apaziguava a ânsia por distinção de Theóphilo, cuja agitação o atrapalhava todo. Até que um dia, no trabalho, sem atinar de onde veio, aflorou-lhe uma veia artística. Ao fim do turno, regressou apressadamente à casa e principiou, sozinho, no sótão, a compor figuras com restos de aço e ferro. Serrava grossos fios, entortava, soldava às chapas sobre torrões de ganga e hematita, criando figuras ímpares. Margarida apoiava, orgulhosa, as criações do marido. Suas obras foram notícia no "Jornal da Cidade" depois que fizeram sucesso na Capital, no Centro Mineiro de Artesanato do Palácio das Artes, que o metalúrgico passou a frequentar durante as folgas do terno.

Ali, conferia suas peças e conhecia outras em ferro, madeira, cerâmica e pedra-sabão. Conquistara a distinção porque figurava entre os mais importantes artesãos mineiros.

Sua distinção abalou-se ao entrar na Grande Galeria e conhecer as obras em ferro de Amílcar de Castro. Sem palavras, zanzou, meio zumbi, e perdeu o fôlego diante da Roda Viva de GTO. Ao se deparar com as "Guerreiras do Espaço", de Áurea Trindade, foi tocado por algo embolado, diferente do trem ruim da convivência com as mutilações de colegas na usina. Teve a impressão de que algo inexplicável o pegara pelo pé e o abatera.

De volta à casa, quedou-se em silêncio, durante meses, admirando, em pensamento, as esculturas em madeira e pedra-sabão dos santeiros e entalhadores mineiros, quase morrendo pelas esculturas da Galeria Guignard.

– Anime-se – disse-lhe o amigo mais chegado, que soubera de seu amuo –, você não é apenas um metalúrgico com os pés enfiados na moinha. Agradeça a Deus!

– Agradecer? Como assim?

– Você foi notícia no "Jornal da Cidade" porque é um artista!

As palavras finais do amigo eram o brilho do Sol nos píncaros da Serra do Rola-Moça. Todavia, intimamente, Theóphilo desejava aparecer no "Jornal Nacional" como a turma de Margarida. Sol e sombra o confundiam. Voltou ao mutismo. Até que um dia, como outro qualquer, Theóphilo amanheceu iluminado. Rompeu o silêncio e decidiu ser um artista. Não mais artesão. Seria um artista escultor. Tomou de um cinzel e de um bloco de pedra-sabão e pôs-se a esculpir. Ao sair da usina, dirigia-se, incontinente, à casa, rumava para o sótão, a fim de criar o belo que lhe daria a efetiva distinção. Margarida nem se lembraria mais de Magistério e Sindicato e morreria de admiração e orgulho ao distingui-lo entre os uniformes da usina.

A princípio, nem o amigo mais chegado soube dessa nova modalidade de seu trabalho extrafábrica. Os colegas notaram que ele andava ansioso para largar serviço e rumar para casa. Nem o sagrado gole nem a sagrada roda de conversa fiada de final do turno logravam relaxá-lo. Theóphilo dedicava todo seu tempo livre à Arte, gozando, antecipadamente, a admiração que causaria.

Os colegas perceberam esse novo estado de espírito e o creditaram na conta da esposa, que não se encaixava no modelo que dedica sua vida à realização do marido. O buchicho geral era que Theóphilo sofria com isso. Sofria por Margarida. "Seu trabalho social é que a defende", concluiu o marido, compreendendo, grosso modo, que a dedicação ao trabalho social compunha a integridade de Margarida. Desafiado a transformar a mulher numa esposa-modelo, pôs mão à obra a fim de encontrar um jeito. Para isso deveria, antes, compreender a mulher. Só assim atingiria seu espírito...

Porém, por mais que se esforçasse, ele não a compreendia. Nem na estratosfera de seu pensamento seria capaz de compeender Margarida. Num esforço extremo para entender a mulher, decidiu esculpi-la. O homem passou a se dedicar seriamente a esse trabalho artístico, esculpir a mulher, mas a obra não prosperava. Trabalhava e teimava e limava e sofria e suava. Mas nada. Mais fácil seria laçar a Lua e grudá-la ao chão.

Confiante em si, não desanimou. Achou de fazer aula por correspondência, porque na cidade metalúrgica não existia Guignard. Estudava com afinco, sem conseguir progresso. A professora aconselhou-o a mudar para um modelo mais fácil, porque mulher é muito difícil. Passou, então, a esculpir flores. Margaridas. Surpreendeu-o o imenso número de pessoas que compraram suas margaridas de pedra. Porém, ele queria mais. Queria encontrar o âmago da pedra.

Invejava, com todas as fibras, os mestres que conseguiram alcançar o âmago da pedra, da madeira ou da tinta e criar a mulher. Pôs-se a contemplar, certa vez que foi ao Museu do Ouro, em Sabará, a Sant'Ana Mestra, retirada da capela de um antigo hospício. Não que pretendesse ser um Antônio Francisco Lisboa. Só admirava, febrilmente, as linhas, os movimentos das roupas, o posicionamento dos braços e das mãos, a flexão do joelho direito, o pé esquerdo a repousar sobre um banquinho e a imagem da filha juntinho dela, recebendo seus ensinamentos, ambas lendo o mesmo livro.

Pobre Theóphilo! Desejava apenas esculpir sua esposa. Quantos artistas esculpiram ou retrataram a mulher? Quando soube que a pintura da Madona mulata no teto da Igreja de São Francisco, em Ouro Preto, era Maria do Carmo Raimunda, a esposa de Ataíde, mordeu-se por aquela figura altiva no teto da nave principal.

Nas igrejas históricas e nos museus, ele ia durante as folgas de terno. Nos outros dias, após o expediente da fábrica, internava-se no sótão. Esse isolamento em prol da arte preocupou Margarida. Nem as mudanças no país mexeram com ele. Enquanto ela saiu a empunhar bandeiras, ele permaneceu no sótão.

Durante uma greve dos metalúrgicos, continuou isolado no sótão, enquanto a classe do Magistério apoiava o movimento, não só com palavras e entrevistas ao jornal local, mas coordenando os esforços de toda a cidade e região.

Depois desse apoio das mulheres à luta dos homens, Theóphilo passou a se atrasar para o jantar. Precisava chamá-lo:

– Desce daí, amor, que a janta tá esfriando.

O amor vinha meio aéreo, comia apressado e retornava ao ateliê, onde permanecia até de madrugada. A mulher sofria, mas nutria a esperança de que o marido vencesse. Torcia, sinceramente, por ele.

Margarida esperava e esperava... a janta do marido na geladeira... e esperava... No dia seguinte, triste e sozinha, ela comia a janta requentada. Margarida no primeiro andar e o marido no sótão – duas solidões sob o mesmo teto.

Com o passar dos dias, Theóphilo passou a enfrentar fortes dores de cabeça, crises de vômito e fraqueza. Ele se sentava em frente à obra e clamava: "Minha vida está acabando, mas é questão de princípio terminar esta obra".

Margarida nunca o vira assim antes que ele começasse

a trabalhar a escultura da mulher. O estado fragilizado do homem chegou aos ouvidos dos parentes e conhecidos, que expressaram suas preocupações durante visitas cada vez mais frequentes. Depois de idas e vindas em seus pensamentos, Margarida atinou que a peça é que o estava adoecendo e decidiu, em nome do Amor, dar um tempo ao trabalho social e entrar no papel de modelo, para agilizar a obra e libertar o marido da obediência a uma ordem que lhe parecia mais forte que uma maldição.

No ambiente de trabalho do marido, sentou-se ao lado do bloco de pedra onde o escultor já traçara o risco da imagem ainda por definir. Dias a fio, Margarida, abnegada, dedicou ao marido suas horas de descanso, suas férias. Não colocaria em suas costas a morte do homem; por isso, posou de modelo por um tempo que pretendera delimitado, mas lhe parecia infinito. Até que, um dia, Theóphilo fez surgir da pedra sua obra-prima.

Os colegas de trabalho, amigos e parentes que acompanharam a saga do casal encontram-se nesta manhã de abril, no ateliê de Theóphilo, sentindo a brisa fresca que ondula levemente o véu de organza que cobre a escultura. Mas, antes de descobri-la, os convidados manifestam sua curiosidade quanto à técnica que levou a termo o trabalho que todos sabiam encruado.

– O crédito é de Margarida – discursou o artista. – Enquanto durou a obra, minha mulher, num lindo vestido liso, neste exato lugar, posou para mim, tão entregue que eu a copiei como se ela não estivesse aqui.

Tesoura e pente

“Descalça, vai para a fonte
Lianor pela verdura
Vai fermosa
Mas não segura”

(Camões)

Quando Augusto saiu do salão Pretty Hair, a proprietária percebeu que a xícara do cafezinho de cortesia estava trincada e o considerou suspeito do estrago. Ângela correu em sua defesa:

– Mãe! Já estava!

Uma das cabeleireiras apoiou a patroa, reforçando a suspeita. Mas Ângela, puro encantamento pelo Augusto, cujos cabelos, brisa da manhã, inda há pouco, em seus dedos... defendeu-o com vigor.

A dona do salão deixou por isso mesmo. Não queria bater boca com a filha em local de trabalho. Pra que espichar aquela discussão de foi não foi?

Ângela, ao contrário, a espichava mentalmente. Tudo o que se referia a Augusto estremecia o dique que continha seu desejo pelo moço que andava enfeitiçando as moças do bairro.

Augusto viera para um corte. Sentara-se à vontade entre as freguesas. Deixara em abandono a cabeça em suas mãos.

– Espelho negro o olhar de Augusto. O que você viu nele? Ouça: Augusto tem algo dele com ele mesmo. Esquisito.

– Impressão sua, mãe!

– Veja o José. Filho de nosso vizinho. Seu amigo de infância.

Mas Ângela só tinha olhos para Augusto. Sentia-se no sétimo céu quando ele dizia: Anja é minha!

– Isso é posse, Ângela. Você não viu, no jornal, a mulher assassinada pelo ex que gritava a plenos pulmões: se não for minha, não será de mais ninguém!? Não viu?

– Matou – intrometeu-se uma freguesa – porque as autoridades ditam a moda. Matar virou moda. É isso.

– Virou moda – outra freguesa pegou a deixa – por causa desses tempos bicudos: pra não dividir o pão, matam-se os famintos.

– Da parte do Augusto é carinho – insistiu Ângela.

Até Mercês, sua vizinha de porta, que no momento cortava o cabelo, entrou na conversa:

– É posse.

– Parece que vocês não querem me ver feliz. Posse? Que seja!

– Augusto, sou sua, de mais ninguém – admitiu a jovem cabeleireira ao rapaz.

Augusto apreciou a confissão da moça. Principalmente, gostou do seu jeito bem mandado de filha da patroa e de seu amor subserviente. De tal modo tão aprazíveis que se mudou de mala e cuia pro pequeno apartamento da moça, comprado com a herança do pai, que a mãe precisava de espaço para reconstruir sua vida amorosa.

Enfim, juntado com fé, casado é. A união de Ângela e Augusto mereceu uma comemoração com chá de cozinha e um artístico jogo de porcelana – vaquinha das colegas do salão. Um mimo! Posto que arte, seria de uso diário, e Ângela tomou como propósito dedicar-lhe assistência pessoal: do guarda-louça ao uso, do uso ao guarda-louça.

Segurava-o com as duas mãos, como quem tem a pura fragilidade em sua conta. E se trincasse por algum movimento brusco? Então pisava bem leve o chão de sua casa.

Minha casa – gostava de repetir com carinho. Quanto mais repetia, mais afastava os maus espíritos que teimavam em lhe passar uma sensação de hóspede, enquanto Augusto pisava duro como dono da casa. Augusto até implicava com seu cuidado excessivo com o que ele chamava de simples xícaras.

– Ciúme!

– Ciúme de quê? Vocês têm mais experiência do que eu, caras colegas de trabalho, mas estão exagerando. Respondam: ciúme de quê?

– Do tempo que considera que deveria ser dele.

– Posse!

– Ainda essa conversa de posse? – defendeu Ângela, mas, no fundo, sentindo-se culpada e reconhecendo que dedicava um bom tempo à louça da casa, que, somado ao tempo de trabalho no salão, significava muito. Era a própria dona de fora que trabalha dentro. Pois bem: faria as duas jornadas – a casa e o salão – virarem três. A terceira, Augusto. Assim seja!

O companheiro apreciou o arranjo e demandava cada vez mais tempo só para ele. Exigente de cama, mesa e banho, exigia sem pronunciar um a. Ângela escutava o mutismo do outro e obedecia com amor. "Faça-se em mim segundo a sua palavra não dita". A moça chegava a perder a hora do trabalho para dedicar-se a Augusto. Cumpria alegremente a missão que Deus lhe deu. Conquistara a felicidade.

Por muito tempo sentiu a luz e o calor do sol assistindo à fachada do prédio, à Sibipiruna da rua florindo, criando um tapete de pétalas nas pedras da calçada.

E assim foi até que a mãe lhe passou o salão.

– Montei outro no centro, você fica com este do bairro.

Ao comunicar, com entusiasmo, a Augusto sua nova

posição social de sócia proprietária, não encontrou eco.

– Agora, vamos poder pagar uma empregada – continuou ela, entusiasmada, mas o companheiro, murcho.

– Você tem sua oficina, Augusto. Tendo eu o salão, é só igualdade.

– Só?

E saiu batendo a porta.

– Inveja!

– Olhem aqui! Vocês nunca aceitaram o Augusto. Essa é a verdade! Me respondam: inveja de quê?

– De sua propriedade. Propriedade é poder.

O jeito foi avalizar o Fiat que há muito Augusto pretendia. Pronto. Ele somou duas propriedades. Resolvido.

Resolvido por algum tempo. À medida que pegava intimidade com o Fiat e o guiava por lugares desconhecidos, ia perdendo o ânimo inicial. Então desanimado tornou-se o estado geral do Augusto. Desanimado de cama e banho e agressivo de mesa.

Seu humor normalizava quando saía do serviço mais cedo e vinha pra casa, antes da noite. A empregada, nesses dias, muito dedicada ao serviço, demorava a ir embora.

Fora isso, reclamava da vida e duvidava do comportamento da mulher em relação ao amigo de infância e aos outros fregueses masculinos do salão.

– É unissex! Tenho que aceitar os fregueses!

Um dia, após o almoço, quando o marido terminava o cafezinho, Ângela percebeu que Augusto segurava uma xícara sem asa. Sentiu uma pontada no peito. As lágrimas querendo pular pra fora; no entanto, contidas pra que Augusto não visse seus olhos molhados, nem visse a sombra atrás deles. Não queria cobrar-lhe cuidado. Coitado. Andava aborrecido e maldizente. Fez de conta que não viu. O que tem, né? É apenas uma asa. Louça da casa é instável mesmo. Depois cataria o caco e colaria com Super Bonder.

Xícara, bule, leiteira, sopeira, tudo sem asa, a louça se acabava pelas asas. Ou pela supressão delas. Ângela tentava colar os cacos, mas não os encontrava. O que Ângela encontrava era o olhar zombeteiro da empregada a observá-la em seu afã no encalço de seus cacos. Nesses momentos, sentia o movimento brusco de placas tectônicas rachando de vez a crosta terrestre.

Então, num domingo, o salão fechado, Augusto passeando de carro e a empregada de folga, aproveitou pra limpar o quartinho da área e os objetos em desuso que acumulara ali. Urgia dar linha a alguns. Separou-os e doou-os ao porteiro. Pelo menos faxinara o quartinho. Já ia terminando quando viu a caixa de ferramentas do marido. Abriu-a e encontrou todas as asas de porcelana. A princípio, indignou-se contra o companheiro; depois, desculpou-o: ele só guardou o que já encontrou quebrado. É isso. O jeito é passar o final do domingo colando as asas com Super Bonder.

Na segunda, ao café da manhã, a louça emendada já não era a mesma. A xícara do Augusto – coitado, tão estabanado – caiu com o café e o pires juntos. Ângela se abaixou pra apanhar os cacos no chão. Deu consigo mesma a se olhar espantada. A face no assoalho. Um espanto que vem de dentro, escurece o entendimento – o que foi? – e atordoa momentaneamente. Depois vai clareando: é culpa da empregada. Mania de encerar com Brilho Fácil. Não foi culpa do Augusto, não. Ele a empurrou sem querer. O jeito é desmarcar as freguesas da manhã, não poderia trabalhar assim. Não podia se expor. Catou os cacos pra tornar a emendá-los, sozinha, que Augusto deu de ombros e, urgido pela hora, saiu para o trabalho. A empregada, urgida pela pressa de acabar a cozinha, retirou-se.

Precisava não dar na pinta. Tinha que parecer forte pra cumprir suas jornadas.

– Augusto é um bom homem – disse-lhe o Pastor. – Ore.

O próprio delegado lhe dissera que conhecia o Augusto e sabia ser ele muito direito.

– Então, por quê?

A enxerida da Mercês, sua vizinha de porta, é que chamou a polícia ao ouvir seus ais sob a mão fechada do marido sem dó nem piedade. Mas Augusto foi firme com ela:

– Ninguém mete a colher!

Na ausência do Augusto, a vizinha lhe chamava a atenção:

– Você se põe no lugar do cordeiro do sacrifício!

Mercês tomara seu partido. Nem sabia que tinha um partido. Aprendera que, no casamento, devia ser um só corpo, uma só alma. E não dois partidos. Mercês não poupava palavras:

– O corpo é um indivíduo sagrado, assim como a alma.

Sobre o Augusto, deixou escapar:

– Primitivo! Um Neandertal foi mais humano!

E lhe propôs:

– Preciso levá-la à psicóloga que atende gratuitamente nas obras sociais da Igreja do Carmo.

Ângela titubeou entre o medo do marido e certo juízo que a aconselhava a aceitar. O medo a protegia mais que o juízo. Encolhia-se nos cantos sombrios da casa pra não dar motivo. Cultivava o medo. Precisava desesperadamente do medo. Sem medo estaria completamente desprotegida. Nutria a esperança de que o marido ia se endireitar. Ficou de resolver depois.

O depois não se fez de rogado, surgiu no salto agulha de seu sapato alto cravado em suas costas. Acordou no hospital. Mercês e outros vizinhos a acudiram a tempo de estancar a hemorragia.

Após o hospital, passara um bom tempo na casa de acolhida, assistida por uma psicóloga e uma advogada. Fora salva por Mercês, pela mãe, pela psicóloga, pela medida protetiva da Lei Maria da Penha e pelo trabalho – a mãe fora sábia ao lhe ensinar um fazer com tesoura e pente.

– Com máquina qualquer um corta – dissera.

Voltara a atender no salão. Recuperava-se de um estranhamento que vinha num crescendo até mesmo antes dos últimos acontecimentos. Ao se separar do Augusto, divorciara-se de uma eu estranha. Quanto mais se estranhava, mais dissolvia a união. Refletiu muito e, sem chegar ao porquê, percebeu que apropriar-se de um negócio próprio dissolvera, definitivamente, o relacionamento. A dissolução produziu um largo espaço que demandava uma difícil travessia até chegar à outra pessoa que tentava ser. Sou cabeleireira e a tesoura e o pente, a extensão de minhas mãos. Dito isso pra si mesma, atenuava o caos, entretanto não o estabilizava de todo. O marido que largara ainda a desequilibrava à beira dos degraus de uma alta escada sem guarda-corpo, sem corrimão. O amigo de infância frequentava mais amiúde o salão e a ajudava a percorrer a distância até o ponto estável imaginário.

As funcionárias colegas a acolheram com carinho: você vai refazer sua vida. Não queria refazer aquela vida. Deus a livre! Meteu a cara no trabalho, e as freguesas voltaram, pouco a pouco:

– Quero um penteado pra casamento que dure até de

noite.

– Sente-se de frente pro espelho.

O penteado, o jeito além do aprendido. Os primeiros movimentos. Lavar. Cortar levemente, acertar as pontas, secar.

O penteado. Arabescos de fios castanhos. A trança interna pra casamento: buquês de miosótis no encontro das mechas. Linda e misteriosa escultura pra durar até de noite.

– Você já foi casada, né?

Ângela balançou a cabeça afirmativamente, escondendo a insegurança que a pergunta da freguesa avivou. A insegurança. A vista. A menina à deriva. Os olhos enxergando pelos cantos. Precisava pôr foco no penteado. Mas sua mente emaranhava. Nada há que temer. Está tudo resolvido. A separação, concluída. Cada qual no seu canto. O Poder Judiciário dera a última palavra. Pronto.

– Você está bem, não é mesmo? Não ficou chateada porque lhe perguntei sobre seu ex, né? É que eu o vi lá fora. Pensei que vocês tivessem reatado. Achei até que ele estava vindo pra cá.

– Você se enganou. Ele não pode vir até aqui. É decisão judicial. Se chegar perto de mim, pode ser preso. Ele não faria isso de jeito nenhum. É decisão judicial conforme a Maria da Penha. Cento e cinquenta metros, estipulou o juiz. É decisão judicial. É deci...

O empurrão na porta. A perplexidade das outras. O pente levantado como um escudo. A lâmina atravessando o pente e a mão da cabeleireira. A lâmina no pescoço, no ventre, no coração. Densa sombra a encobrir a falta de resposta à pergunta que a mortificava:

– Por quê?

Amor em tempos de Covid

> "A moça levantou os olhos para ver quem passava pela janela, e esse olhar casual foi o começo de um cataclismo de amor que ainda não terminara meio século depois."
>
> *Gabriel García Márquez*

No dia longamente esperado, Eugênio e Abigail alcançaram seu destino com os pés enxutos graças ao motorista que invadira a calçada, evitando a sarjeta mais extensa e mais profunda que a rua. Seus sapatos mais importantes avançaram, driblando o entulho de trastes jogados ali, do portão pra fora, à espera do serviço de reciclagem suspenso devido à pandemia.

Com muito cuidado, para não enxovalharem suas roupas especialmente escolhidas para aquele dia, o terno de linho e o vestido branco de delicada renda Renascença, foram abrindo caminho entre os móveis velhos, carunchados.

– O prazo de validade expira para tudo quanto há – comentou Eugênio.

– Essa tralha toda se recicla enquanto os fantasmas dos loucos sobreviverem em suas gretas – esperançou Abigail.

Cavando com as mãos um atalho entre os trastes, chegaram à entrada de um casarão dos primórdios da cidade que funcionara como manicômio e que, desativado pela Lei Antimanicomial, fora transformado em cartório de casamento civil e religioso. Tocaram a campainha e aguardaram em frente a um imenso portão de aço, os corações ansiosos arrulhando em meio às sirenes das ambulâncias e ao ruído áspero do rodar dos camburões funerários.

Nem tiveram tempo de apaziguar a ansiedade porque,

ao ouvirem o clique de um comando invisível, a entrada, imediatamente, se consentiu. Subiram um degrauzinho de pedra e, protegidos do vai e vem dos mortos e semimortos, acharam-se num jardim interno com hastes em espirais enlaçando caules de flores distraídas. Momentaneamente livre do ar virulento da cidade, Eugênio tratou de aproveitar a brisa floral. Aspirou e expirou profundamente. O que teve o dom de espantar a ansiedade que não combinava com seu jeito de viver. Tivera até agora muita paciência consigo mesmo: "Sei lidar comigo! Sei enfrentar as situações mais adversas." Já tirara de letra o seu tempo da UNE, do Magistério, da aposentadoria, e vivia trabalhando seus livros, em relação estável com Abigail, enfim vestindo e calçando seu número exato. Não que não sentisse uma dor fina e funda o tempo todo, mesmo depois que se amainaram as lembranças dolorosas do porão da ditadura, onde a morte punha sangue pela boca e pelo ouvido. Tantos companheiros assassinados! Agora, a morte se apresentava nua pelas ruas, venerada pelo representante mor, em nosso país, da serpente saída do ovo eclodido. As receitas da morte apinhavam os editais, aviadas por um séquito de fuzis em colaboração com a pandemia. Eugênio não pudera assistir o pai e a mãe em lençóis de febre, deitados com o vírus, arfando em busca do ar que não lhes chegava. Nem vira os trajes dos mortos, nem fechara com suas mãos os seus olhos. Andava tão indignado a ponto de ficar, da janela, observando as pombas doentes nos telhados mudos e perdendo a conta dos camburões e das ambulâncias que passavam na rua quase deserta de pedestres mascarados.

– Inumeráveis – relatou Eugênio a Abigail, que se achava entretida no computador.

– Inumeráveis! – Repetiu.

Abigail compartilhava a indignação do companheiro. Fora ela a parceira corajosa que, ante o sinal fechado, o camburão à espera, pisou no proibido pisar, colheu crisântemos dos jardins da Praça da Liberdade, driblou a fétida sarjeta e depositou as flores sobre os caixões lacrados dos pais de Eugênio. O gesto da mulher acrescentou ao amor do seu homem uma gratidão imensa. Tornaram-se ainda mais próximos. Passaram a falar muito mais de suas vidas, das famílias, da infância e adolescência, e amavam recordar, deliciosamente, seus momentos de vida a dois, sem perder a crítica à situação.

– Mais mortes sob o atual do que sob o poder fascista meia quatro – comentou a mulher.

– Sim. Ainda há a subnotificação pelo negacionismo – insistiu Eugênio. A companheira compartilhou sua preocupação:

– Ontem, o vírus apareceu ao lado de um palhaço fantasiado de jacaré. Seria cômico, não fosse trágico.

– Trágico sim – concordou Eugênio. – Por meio de aparições e falas bizarras, passa-se a ideia de comédia para encobrir a tragédia na qual o Coiso atua, aqui, como o principal de um elenco macabro.

– Mesmo nos anos de chumbo, não era fácil enxergar a tragédia. Graças às denúncias da Igreja e dos sindicatos é que ficou claro que o Exército operava, secretamente, a Casa da Morte.

– Fuzis, metralhadoras, cadeira do dragão e a privação das vacinas – tantos modos de torturar e assassinar...

– Poderiam ter sido evitadas inumeráveis mortes.

– Mais de setecentos mil adeuses à família... Adeuses às juras de Amor... aos abraços... aos amigos... aos colegas de profissão... aos vizinhos... ao dono do sacolão da esquina...

As conversas sobre tantos adeuses fizeram com que Eugênio fosse tomado de um sentimento intenso de saudade da companheira ali presente. Em quarenta e dois anos de relação estável, nunca a enxergara finita. Fugidia, sim, como nuvem do céu. O que nunca lhe fugiu foi a face possessiva da companheira. Ai se outra mulher ousasse se encantar por ele, Abigail ouriçava.

– Amigo, sua dona é puro espinho!

– Eu gosto. Quer saber? Este espinho cravado no meu coração, quanto mais sangra, mais eu gosto.

É verdade. Ele amou a mulher com toda a dor do seu coração desde que fugiram juntos da cripta da Igreja de São Francisco, em julho de sessenta e seis. Mesmo perdidos um do outro até a Anistia, Eugênio a conservara em seus pensamentos. Ao se reencontrarem na escola pública onde ambos passaram a lecionar, apaixonaram-se e decidiram viver juntos. Muita água rolou debaixo da ponte de suas vidas até que veio a pandemia. Isolados em casa, Eugênio e Abigail se entrosaram, nesses tempos sombrios, mais ainda. Suas auras causavam admiração um ao outro. Foi então que Eugênio tomou uma atitude inesperada. Botando a alma pela boca, perguntou a Abigail:

– Quer se casar comigo?

Enxugou as mãos suadas na camisa e continuou:

– De papel passado.

Abigail tentou segurar o equilíbrio que construíra por mais de quatro décadas, mas caiu num mar de recordação. E se viu no auditório do subsolo da escola, durante a primeira reunião pedagógica daquele distante ano em que se reconheceram.

– Onde é a chácara do PI? – identificou-se Eugênio.

Atraídos pelo companheirismo do passado, aproximaram-se simplesmente à vontade, conversaram feito conhecidos imemoriais. Inauguraram um clima de ternura, dentro daquele subsolo que todos sabiam ter sido uma prisão de estudantes secundaristas. Dali pra frente, eles se viam, se falavam, se tocavam em momentos propícios: nos intervalos das aulas, no recreio, na biblioteca ao estudar juntos, as faces muito próximas, os cabelos se entrelaçando. Tanto Amor, tanto que Abigail teve a certeza de que Eugênio era sua alma gêmea. Seu destino. Acreditou e concordou: faça-se em mim como em todas as mulheres embaladas pelo final feliz. Abigail acabou amando perdidamente, possessivamente, mas sem a escritura – essa instituição burguesa!!! Eugênio e Abigail combatiam a moral burguesa. Amavam Machado de Assis, cujo prato principal, o adultério, quebrava a frágil louça do casamento.

– Machado dá de dez em Eça – concordavam.

Além do mais, o que é que tem? Muitas colegas já compartilhavam a vida com seu amado. Não havia mais o perigo da rua da amargura nem a humilhação de ficar pra titia. Nem constituía crime conviver como se casados fossem. Os movimentos sociais, nos quais Abigail e Eugênio continuaram a militar, além do feminista que criou "O meu corpo me pertence", libertaram a Mulher de constrangimentos e humilhações. Abigail era uma mulher alforriada. Pouco lhe importava que seu pai e sua mãe a olhassem desejosos de escritura. Tempos outros, costumes outros. Evoluímos para uma sociedade aberta. Abaixo os grilhões das instituições burguesas! Ter o Eugênio é o que satisfazia a falta, dava equilíbrio e felicidade. Mas uma dorzinha fina se instalou, às escondidas, em sua alma. Fechada em seu escritório, parava o trabalho e entrava em *sites* de vestidos de noiva. Um sonho à revelia de seu discurso contra a instituição burguesa.

Passado o estado de recordação do sonho, Abigail respondeu sem titubear:

– Quero sim o papel passado.

Assim resolvidos, decidiram ligar para as famílias. Os pais de Eugênio foram privados pela Covid-19 de participarem da boa nova, mas sua irmã mais nova atendeu o telefone e achou muita graça, até riu, porém não aceitou ser testemunha por fazer parte do grupo de risco. A mãe de Abigail, já quase surda, não entendeu o assunto e pôs-se a gritar:

– O quê?

– Casamento, mãe!!!

– Pra quê???

O irmão pegou o telefone:

– O que foi, Abi?

Recebeu a notícia e opinou:

– Agora? Nessa atmosfera virulenta? Sarjetas fétidas contaminando a cidade? Nessa escuridão na qual imerge o país?

Abigail retrucou:

– Ô Zé, nesse tempo de trevas, quero o Sol e pressinto seus sinais.

Foi assim que, sozinhos, Abigail e Eugênio marcaram o registro e a cerimônia do enlace: esta data em que se encontram, plenos de passado, dando uma chance ao futuro. Numa alegria de loucos, ouviram o clique do portão se fechando. Pronto! A ansiedade a mil. Não há como voltar. Nem cogitariam desistir. Caminharam firmes pelo jardim interno, entre plantas primitivas e sob petúnias pendentes, conquistando a alameda central até o lugar privilegiado, só deles, e falar a palavra que sobreviveu secretamente durante quarenta e dois anos:

– Sim.

Ana

Chegou à cidade trazendo o marido ofendido, no eito, por picada de cobra. A viagem a cavalo fora longa, e não deu tempo de salvá-lo. Em seu pensamento de dezessete anos, firmou-se a decisão de morar na cidade com hospital dotado com o recurso do soro. Ali sua vida estaria a salvo da peçonha do Boiuna.

Minha avó a empregou no serviço doméstico, na casa de uma de suas filhas, na capital.

Suas mãos catavam o arroz branco, separando os marinheiros, gorgulhos e as pedrinhas como se lidassem com um tesouro. Conheciam o alimento e o ofício do eito à mesa. O feijão cozidinho com caldo encorpado fazia bonito, sem falar na couve picada fininha, refogada no alho, cujo aroma inundava a casa. Conheciam os mistérios das carnes suculentas e douradas. Abençoadas mãos...

Para Ana, o dinheiro era estranho. Seu primeiro salário, repartiu-o com as crianças e cantou com elas enquanto tomavam sorvete e comiam chocolates. Ana cantava maravilhada com as guloseimas compradas na padaria, diferentes dos doces ferventes nos tachos sobre as trempes das fornalhas, no terreiro.

Outras maravilhas que a encantavam: os pisos de cerâmica distantes do chão batido, o fogão a gás na cozinha azulejada. Pouca canseira. Nem precisava guardar a lenha na galopeira quando a tempestade se armava. Cantava e sonhava: um dia teria uma casa assim, forrada de pisos e azulejos decorados.

Seu sonho de casa própria povoou-se de sonhos de amor. Seu amor secreto sumiu no sangue da Aurora, deixando-a com um filho nos braços.

Minha irmã a trouxe de volta à nossa cidade, e minha avó a acolheu e a empregou no hotel. O filho, ela o acalentou no dormitório coletivo das empregadas, em coro solidário de cantigas de ninar que transmitiam a garra da raça e ensinavam os valores ancestrais.

Ao ser apartada do filho, para assumir outro serviço, Ana confiou que o menino ficaria bem com Gaída – mãe solidária – e com as outras companheiras de trabalho – as vigas de jacarandá do hotel.

Ana acompanhava, lá da outra casa, o menino na escola, enquanto lavava e passava os uniformes escolares das crianças alheias.

Passadas muitas enchentes do rio, assistiu à cerimônia em que o filho recebeu o diploma escolar.

Viu o filho empregar-se como segurança lá na capital, enquanto cozinhava, faxinava, esfregava as mudas de roupa, enxaguava, estendia ao sol e passava a ferro de brasa, sem galopeira.

Galopeira ela dançava no bailinho que os invejosos apelidaram de caixote em pé. Pura inveja da alegria dos que, apesar da vida dura, sabiam reservar algum tempo para se divertir.

Seguindo o andor em repetidas procissões entre os casarões antigos, o tempo foi passando até o noivado do filho.

Ana comprou um jogo de lençol para o casal:

– Tá bonito? – perguntou-me sobre o que já havia escolhido.

Talvez tivesse me convidado para acompanhá-la à loja mais para assegurar a confiança do comerciante do que para saber a minha opinião. Avalista, só com a presença. Sei que saiu orgulhosa com a compra, envolta em papel de presente grã-fino.

Certa vez me procurou chorosa: um sobrinho adolescente passou a comprar *crack* no fim da rua que vai para Nova Era. Minha irmã, minha prima e eu arrumamos uma vaquinha para que ele pudesse frequentar o Bom Samaritano, em Monlevade. Entre a frequência e as fugas, entre arrumação e prisões, o adolescente achou um atalho na vida, e Ana aliviou suas costas desse peso a mais.

Ana assistiu ao casamento do filho, aos batizados dos netos, enquanto trabalhava para uma lanchonete. Sovava as massas com suas mãos de artista, formatava as quitandas e as assava com engenho e arte. A cidade a homenageava ao saborear as quitandas de sua autoria.

O tempo passava marcado pelas periódicas enchentes do rio que deixavam lama, plantas e peixes além das margens. Pouca gente entendia os bagres nadando entre os restos da igreja barroca e dos casarões demolidos. Muito menos Ana, que sentia sua vida segura naquela cidade que possuía um hospital. Não sabia que eram de Servas os altares boiando nas enchentes rumo ao nada, assim como as imagens viajando com os forasteiros. Seu entendimento se dedicava ao filho na capital e à ajuda que devia à sua mãe e às suas irmãs, que se mudaram para a periferia da cidade.

Não lhe importavam os bagres nas fendas das peanhas douradas e nas lascas dos cunhais azuis e brancos. Estava contente porque o filho embelezava sua casa do "Minha Casa, Minha Vida", dotando-a de pisos de cerâmica e azulejos decorados, como sempre sonhara.

Ana viu o vírus deitar-se com ela e confiou no hospital sem a vacina e sem o respirador.

Enquanto Boiuna serpenteava pelo planalto encharcado de esgotos, Ana gritou: "Não consigo respirar!" Seu grito não ecoou mundo afora, não o ouviu o sino calado da igreja, nem os bagres da rua principal. A Cobra Grande do planalto ocupava-se com emborcar o barco e matar os navegantes.

O grito "Não consigo respirar!", não o ouviu a ambulância que poderia tê-la transportado para a capital, onde fora erguido um hospital de campanha dotado de respirador, cheio de leitos vazios, mantidos permanentemente vazios durante a aflição e desativados, sem uso, pelo servo do Boiuna.

Ana tremia... Talvez estivesse sendo transportada, tremia... O tremor do veículo na estrada... Já antevia o respirador... Voltava à sua casa... Tremia... Não eram paredes brancas, e sim pombas brancas no azul límpido... O Sol não lhes negava o ar... As pombas voavam sem medo dos assassinos de pombas... A mais ingênua cai em suas mãos trazendo o gelo... O Sol esfria... Ave Maria, cheia de graça... Só queria um respirador, mais nada... As flores dos azulejos a abraçam num rodopio... Abre bem os olhos e não vê mais nada... Nada.

Aquém-túmulo, ouço a voz de Ana a cantar seu treze de maio e creio em que, um dia, a pomba abatida há de voar de novo.

Já o Boiuna, gemendo sem Norte, fugirá dos trajes dos mortos, rastejando sobre pedras impiedosas.

Companheiros

O homem entrou no saguão do hotel como um carregador. Levava a própria bagagem: uma pesada mala contendo suas roupas, uma pasta verde recheada de textos dos Círculos Populares mimeografados e um entre os vários disfarces por meio dos quais se tornou invisível devido à função que exercera de contato de fronteira – destino de ir e vir: Livramento, Rivera, Montevidéu, pra salvar os companheiros das garras do Condor. Cumprira o risco que lhe fora traçado. Alvo visado durante os anos de chumbo, escorreu entre os dedos de seus perseguidores, sob muitos disfarces e as atuações em diferentes papéis. Exercera a direção das tramas e dos elencos de amadores. Tão doces companheiros! Calhou ser representante de um comércio da Dezoito de Julho, conseguindo assim embarcar para Paris muitos "funcionários" com amostras de produtos em couro que continuam a ser vendidos até a presente data, embora a representação tenha mudado de mãos. Logrou sucesso como exportador de vinho cujos "funcionários", todo mês, "visitavam clientes na Europa" e por lá ficavam. Quando cenógrafo de uma trupe de teatro e cantadores de Milonga, conseguiu que todo o grupo fosse mambembar em outros países. Quando o cerco o impediu de se mover como antes, parou numa estância pertencente à Igreja e, nesse último ano, foi trabalhador do campo e seleiro.

Tantos disfarces, tantos que, um dia, se perguntou: "Quem sou?" Agora, soou a hora da volta para casa, a hora de si mesmo, de perder a invisibilidade, de ver sua face no espelho. Naquele saguão do hotel, imediatamente reconheceu a moça Morena encostada no balcão da recepção. Fora a sua companheira dos Círculos Populares que tornara mais macias as trilhas ferruginosas das serras mineiras quando ambos percorriam cidade por cidade. A moça, tão distante da adolescente com quem convivera, a mulher adulta de olhar penetrante observando-o, analisando-o, reconhecendo-o. Ela segurava a chave em sua mão esquerda; com a outra mão livre, fez-lhe um leve aceno.

A moça reconheceu o homem de codinome Professor. Nunca lhe perguntara pelo nome real. Mesmo quando fincou seu olhar no dele, no Congresso de Ibiúna, do qual ambos fugiram por um atalho.

– Eu sou o Professor, e você, a Morena. Não é preciso nomes – dissera.

Ao rodarem por estradas de Minas, criando os Círculos Populares de Conscientização, Morena o admirava, venerava sua voz: "Não à Ditadura; sim à luta pela Liberdade!" Ela se tornara sua folha de papel em branco onde ele criava seus textos. Sentia suas mãos gravarem com ferro em brasa as letras em seu corpo e então se entregava ao divino. Receber o companheiro em si era receber o sagrado. Bebera as palavras vestidas de fogo que ele, como o próprio Titã, roubara dos Deuses e endereçava aos corações humanos. Encantada num círculo de fogo, a moça inundara seu espírito de Marx, Engels, Kant, e sobretudo amara Maiakovski e "pousara seu amor sobre ternos violinos". Sofrera por não conhecer o nome real do seu companheiro. Sofrera quando cessaram suas palavras trazidas pelo encarregado da rota Livramento-Porto

Alegre-São Paulo: – Para segurança de todos – explicara. – O Condor sobrevoa nossos trajetos.

Sofrera quando o companheiro se tornou invisível.

Agora, frente a frente, mediam-se no espelho do saguão de um hotel da Ciudad Vieja. Ele, a face sombreada, barba por fazer, corpo adulto, mais troncudo, roupas de vaqueiro, parecia mesmo um braçal não fosse ter conservado o olhar aveludado que a seduzia. Ela se encontrava ali porque recebera a incumbência da Comissão Feminina pela Anistia de acompanhá-lo durante a volta para casa, com essa advertência:

– Ajam como turistas, andem bem devagar, cuidem-se, porque há os contra tanto aqui como acolá.

Poderia ter recusado a missão, mas foi como receber o bilhete de resgate de um ser muito querido, então prevaleceu a demanda de sua alma. Assim que se reencontraram, a moça e o professor se abraçaram longamente e subiram, devagar, por uma escada de madeira com balaústres torneados, até o segundo andar. A moça conferiu a chave e abriu uma das portas numeradas, e ambos reeditaram o círculo de fogo e os ternos violinos.

– Precisamos sair para almoçar – disse a moça ao companheiro estendido no leito daquele quarto de hotel do momento. Ele já pernoitara em casas de refúgio, em pensões, em bancos de praças, ao relento. Amanhã não haverá mais lugares instáveis, e sim minha casa. O homem se levantou e, enquanto se recompunha, a moça observava, na cama em que se amaram, a marca do próprio corpo nos lençóis que uma corrente vinda da janela aberta ia desmanchando. Antes de saírem, o homem abriu sua mala, tirou dela sua roupa de cantador de Milonga da qual não se desfizera e que decidira levar como lembrança. Depois tirou a pasta verde rechonchuda, abriu-a e mostrou à moça um maço de textos mimeografados.

– Selecionei e guardei uma cópia de cada texto bilíngue que escrevi. Vou compor um livro. Este será meu projeto pessoal, minha razão de viver – disse o Professor em pé, contra a luz da janela aberta, a face sombreada.

A moça pontilhou o olhar pelas páginas e reconheceu palavras que sabia de cor e salteado.

Leu em voz alta a última frase e perguntou, citando o filósofo:

– Também sua razão de morrer?

– Amo estar vivo. Andei sob muitos disfarces pra permanecer vivo. É tanto que estou aqui, e não esquartejado: a cabeça enterrada em Perus, os braços, as pernas no Tietê e o tronco nalguma trilha da Mata Atlântica.

A moça interrompeu a leitura e devolveu ao companheiro os escritos cujas palavras messiânicas já conhecia e, enquanto ele os guardava, chegou à janela. Alguém tocava e cantava um tango de Gardel em frente a um armazém de óleo de linhaça. A letra, o Rio da Prata a levava em sua corrente. O Professor fechou, com alguma dificuldade, o fecho enferrujado da pasta, colocou-a de volta na mala, reafirmando:

– O livro será, doravante, minha razão de viver...

Terminada a arrumação da mala, chamou a companheira:

– Precisamos sair para almoçar.

O Mercado del Puerto era só restaurantes. Restaurantes em sequência. O homem escolheu El Palenque e, enquanto aguardava a parrilla, pediu Medio y Medio. A moça preferiu um tinto ao branco. Servidas as bebidas, o homem sorveu um longo gole, e sua alma suspirou profundamente, num doloroso ritual, o alto mar, a praia longínqua, os braços cavando a água, até alcançar a areia sua confissão à companheira:

– Eu me casei com uma paulistana.

A moça baixou os olhos para ver a madeira de lei do assoalho de sua casa e as três árvores de seu quintal: o Ipê, a Quaresmeira e o Jacarandá Mimoso. O homem via dentro de si, apesar do calor, o minuano soprando em suas veias:

– Não há mais o objetivo comum que nos unia: as ditaduras caíram. Cada um vai caçar seu canto.

A mulher bebeu sua taça de vinho de um só gole e mostrou ao companheiro:

– Mire o rótulo da garrafa do meu vinho: CataMayor Tannat Bodegas Castillo Viejo. O eme de Mayor, você não acha semelhante ao eme da palma da minha mão? Mire: Castillo Viejo se reescreve três vezes no invólucro negro do gargalo.

O homem, em silêncio, as lágrimas escorrendo dentro da taça, completou sua revelação: – Comprei passagens com destinos diferentes. Seu voo, para Minas; eu apeio em São Paulo. – A mulher conseguiu comentar a confissão do homem:

– Tive medo de imaginar isso, mas o imaginei.

Ela mesma se serviu, sucessivamente, do vinho tinto da casta mais nobre daquele país.

Um silêncio constrangedor os acompanhou de volta ao hotel. Após pegar a chave na portaria, o homem entrou no elevador, amparando a moça muito tonta, pois bebera até a última gota e dilacerara a carne e a devorara feito a Loba-Guará dos cerrados mineiros. O homem e a mulher se viram perdidos no corredor escuro. Foi então que perceberam um vulto negro se afastando, afobado, um homem de sobretudo longo. Quando o Professor tentou abrir a porta do quarto, nem precisou da chave, porque a encontrou aberta.

Assim que puseram o pé no quarto, a moça precisou alcançar o leito, porque o chão lhe faltava, as paredes rodavam... O homem amparou sua fragilidade, colocou-a na cama, cobriu-a com os lençóis e permaneceu ao seu lado, circulando com o braço o corpo da mulher, até que ela pegasse no sono.

Com a intuição em alerta máximo, ele se levantou, vasculhou o quarto. Não faltava pertence algum na mala, nem dinheiro nem roupas nem a pasta verde. Rejeitava a ideia de atentado: seria um atentado contra a Abertura, a Concertación e a Anistia. Mas não era isso que estava a acontecer tanto aqui como no Brasil? E a perseguição aos Tupamaros? E os contra, no Brasil, botando bomba em bancas de revista, enviando carta-bomba à OAB? E o Riocentro? Não teria sido o maior ato terrorista da História? Estava mesmo aterrorizado. Verificou as passagens e o horário do voo. Passou mais de uma hora a esquadrinhar todo o aposento, até que encontrou um pequeno aparelho de escuta.

Ainda atordoada, a mulher abriu os olhos. Percebeu, entre névoa, a atitude do Professor: em pé sobre a cama, vasculhando as tulipas da luminária que pendia do teto.

– O que foi?

O homem botou o indicador nos lábios, num pedido de silêncio. O raciocínio dela tentava acordar e se limpar.

– Ocê...

Novamente, o companheiro sinalizou com o indicador nos lábios e escreveu num papel: "Temos que sair daqui imediatamente"! E disse em voz alta:

– Vamos sair mais cedo. Não havíamos combinado de comprar artesanato?

E o Professor continuou falando, já carregando sua

bagagem, já abrindo a porta do quarto: – Quero levar um vaqueiro em cerâmica e couro que vi em exposição na Artesania Matilde.

A moça, sentindo um forte sinal de alerta, pegou sua bolsa de viagem e seguiu, cambaleante, o companheiro.

A mulher não discernia muito bem as ruas por onde andavam, queria dormir, talvez ainda dormisse e sonhasse com catacumba e sua própria voz zumbindo: Catacumba?... Mausoléu... Guardas de restos mortais... A urna octogonal... O morto... Protetor de *los pueblos libres*. A escuridão... Não ouvia mais as informações do companheiro nem mesmo o zumbido da própria voz... Percebeu que estava prestes a perder os sentidos... Amparada até a praça lá fora, não teve noção do tempo em que ficou recostada num banco até que se recobrasse em pranto copioso:

– Para que descemos ao mausoléu?

– É o túmulo de Artigas, o libertador de sua pátria.

– E acabou assim: num mausoléu...

– Não acabou num mausoléu, atingiu a eternidade.

– É o que você procura?

– Minha alma e meu corpo reivindicam isso.

Nesse momento, seu corpo reivindicava água:

– Tenho sede!

A mulher bebeu a água que o homem lhe trouxera e, no centro da praça, reapropriou-se de si mesma. Por bastante tempo, passou a admirar as esquinas. Depois, caminhou em direção à Puerta de la Ciudadela, abriu sua bolsa de viagem, ajeitou a Canon e focou o portal. Teve a impressão de que um vulto negro passara rapidamente pelo vão. O coração disparado, a tez lívida, ouviu o Professor:

– O homem de sobretudo longo. Precisamos sair daqui. Enquanto fugiam por uma rua à esquerda, ela cobrava:

– Estamos sendo seguidos, não é? Por isso entramos no mausoléu, não é? Você camuflou a verdade.

– Não queria aterrorizá-la. Você não estava em condições... Precisamos sair daqui. Calmamente, atravessaram a avenida, misturaram-se a um grupo de turistas e entraram no Teatro Solís. Enquanto o grupo de turistas percorria a sala principal do teatro, observando as pinturas do teto, os balcões, as arandelas do *foyer*, o lustre de cristal pendente do teto, e ouvindo relatos históricos, sentados na última fila como espectadores, o Professor e a mulher refletiam:

– O que querem esses FDPs?

– Querem a mim. Nunca conseguiram me parar. Têm vingança armazenada porque, por longo tempo, escapei de suas garras.

– Hoje tiveram várias chances de prendê-lo e não o fizeram. Por quê?

– Não têm base legal. As leis consensuais já promulgadas permitem o ir e vir.

– Querem matá-lo?

– Seria muito negativo para os acordos bilaterais instruídos pela Anistia Internacional.

– Impedir nosso embarque?

– Não apreenderam as passagens quando invadiram o quarto do hotel.

– De que precisam para nos prender?

– Criar um factoide.

– Mas não somos imbecis pra cair em esparrela – rebateu.

Morena, já irritada, já atemorizada, via o grupo de turistas retornar da coxia, o vozerio invadia o espaço histórico. Acompanhava o tropel e as vozes, a galopeira do seu pensamento: O quê? O quê? Refletores acesos... palco iluminado... o último ensaio da peça anunciada pelo farol aceso... os atores e as atrizes... o grupo de turistas se aboletando nas primeira fila... o texto de Schiller...

– Os textos!!! – gritou a mulher. – Vão se valer dos textos pra identificá-lo e prendê-lo.

– Poderiam ter feito isso no hotel.

– Podem ter sabotado os escritos, acrescentando frases comprometedoras. É uma possibilidade.

Precisavam abrir a bagagem e conferir os textos. Não chamariam a atenção dos espectadores concentrados na ação que se desenrolava no chão do palco transformado, por fachos de luz, em tabuleiro de xadrez onde duas rainhas se opunham...

– Quem é esse iluminador incrível? – disse o homem, sem força pra abrir sua bagagem. Temia ser obrigado a se desfazer de seus escritos.

– Não podemos titubear. Compreendo que é o texto de sua história, de nossa história, da história de muitos companheiros de luta, mas é preciso vencer esta resistência absurda e ir até o fim. – O Professor, reconhecendo o perigo de morte em que ambos se encontravam, abriu os dois fechos de metal da mala, retirou a pasta verde-esmeralda, repetiu o mesmo gesto e deu à luz um conteúdo estranho, irreconhecível. A mulher amparou o homem prestes a perder os sentidos e aguardou em silêncio que ele se recobrasse. Depois lhe disse, corajosamente:

– Há um banheiro no rumo do acesso aos balcões.

No banheiro daquele teatro estranho, num país estranho, a mulher retirou a substância plantada em lugar dos textos daquele homem de quem não sabia, sequer, o nome real e foi jogando-a, com as mãos frias, sem titubear, na água corrente até que desaparecesse e a pasta verde-esperança se esvaziasse. O Rio da Prata receberia a substância e a conduziria, doravante, a outras plagas.

Então, guardou a pasta vazia em sua bolsa de viagem e amparou a fragilidade do homem atingido pela crueldade dos agentes da Operação Condor.

– Precisamos tomar o táxi para Carrasco – disse a mulher, observando o companheiro, que chorava como a rainha que perdeu o poder na peça a que o grupo de turistas assistia concentrado.

No táxi, o homem, com a cabeça apoiada em seu seio, via a pedra de Sísifo rolar montanha abaixo e continuava a chorar, enquanto o táxi passava por casarões antigos, ruínas das muralhas da *ciudadela* e enveredava por uma rua comercial com lojas, bares, cafés... A mulher precisava de um café quente e forte. Solicitou ao motorista que parasse o carro e a aguardasse.

– Você quer café ou mate? – perguntou ao companheiro, que não desejava coisa alguma e mal respondeu:

– Nada!

A mulher precisava, urgentemente, do café e escolheu uma padaria na qual entrou, levando sua bolsa de viagem. Sentiu o café quente dentro de si revigorá-la e pediu pães, dizendo:

– Para viagem! – Pagou e voltou ao táxi, que rumou para Carrasco.

No aeroporto, a plataforma de embarque coalhava-se de militares. O Professor trocou o choro por lamentação:

– Palavras de uma luta honrada tornadas substância malvista...

– Dê graças a Deus que estamos salvos e se prepare para a revista.

Um dos caçadores de comunista, o peito guarnecido de medalhas, pediu, educadamente, que abríssemos as bagagens. Enquanto o companheiro lidava com os fechos enferrujados, um ar de vitória – coroação de uma vingança arquitetada nas trevas – se instalava no esbirro da ditadura prestes a botar as mãos num elemento perigoso, responsável pela mais bem urdida rede de fuga de comunistas do Cone Sul, *pero cae la hora de la venganza*...

A mulher admirava, calmamente, através dos vidros, a paisagem de concreto armado lá fora. Nem se atemorizou quando o gorila, ao não encontrar o que procurava na bagagem do Professor, tomou sua bolsa de viagem, abriu-a bruscamente e foi ao ponto: a pasta verde-esperança. O militar, já triunfante, ansiava para ver como se arrumariam os dois comunistas sob pele de turistas para explicar a quantidade de pasta básica de cocaína que transportavam. Seriam fichados como criminosos comuns, e não presos políticos, que a lei atual já libertara – essa indecência de lei. E a organização deles perderia a aura de heroísmo e seria enxovalhada. Num requinte de maldade, pediu ao Professor que fosse ele a abrir a pasta. O Professor, na defensiva:

– Está vazia...

O militar repetiu a ordem. O Professor estranhou o volume da pasta e, a custo e a medo, destravou os fechos de metal. Os pães do mais puro trigo do Sul caíram sobre a mesa, ante a perplexidade dos dois homens. O militar, lívido, foi-se afastando, o olhar cravado na mulher que ele passara o dia inteiro espionando e parecia vê-la pela primeira vez, altiva como uma estátua impossível de ser entendida. O Professor fincou seu olhar no incomparável diamante do olhar da companheira, segurou sua mão na travessia do túnel até o pássaro que os levaria cada qual ao seu destino e sentou-se ao pé dela. Depois, em pleno voo, comeram o pão.

2014 – 50 anos do golpe civil-militar no Brasil.

UTE

– A Lua Cheia é toda cheia de luz?

O ônibus varava a claridade lunar, e a admirávamos pelo vidro da janela.

– É ou não é?

Voltávamos da última reunião do Comando Estadual em que escrevemos o documento final sobre a avaliação dos quarenta dias de greve. Na parte da tarde, a discussão esquentou, culminando na decisão pela criação da UTE – nova organização da nossa classe, em substituição à agonizante associação presidida pela Maria Telma. A parte da manhã tinha sido mais tranquila. Não havia o conflito: criar ou não uma nova entidade de classe. Dedicamo-nos a reescrever as avaliações de cada região de Minas. Lucila e eu já havíamos comandado três avaliações da região do Vale do Piracicaba, Vale do Aço e Mato Dentro. Fechamos o balanço com chave de ouro: uma missa no auditório do Colégio Municipal, celebrada pelo Padre Renato, de que participaram as professoras e suas famílias, os professores, pais e mães de alunos, autoridades dos municípios de toda a região.

O momento da Comunhão até hoje me emociona. Duas filas laterais se formaram. O Padre Renato colocou um cálice de hóstias em minhas mãos e outro nas mãos de Lucila. Pela primeira vez duas mulheres distribuíram a comunhão. Tomamos em nossas mãos a hóstia consagrada: Corpo de Cristo! A chave de ouro, a cada memória, continua a me emocionar.

Naquela noite, após um dia inteiro de reunião, queria mais era descansar o ouvido e mergulhar o olhar na paisagem noturna. Fiz silêncio. Preferível não render a conversa. De repente:

– Viu quem está na primeira poltrona atrás do motorista?

– Não tinha visto.

Pronto! Me abstive da conversa sobre a Lua e agora vou render conversa em que, por certo, surgirá a coincidência de, pela segunda vez, viajarmos no mesmo ônibus com a Dona Inspetora. A presença dela, a poucos metros à frente, comandou a prosa.

– A profissional competente e gentil que encontramos, nesse mesmo ônibus, a mesma pessoa?

– Sim. A mesma.

Um tempo atrás, voltávamos de um Encontro de Alfabetizadoras, na UFMG, em que ela brilhara e fora muito aplaudida ao apresentar sua cartilha de alfabetização, cujos resultados, a partir do mecanismo técnico, surpreendiam pela quantidade de alunos que, já no primeiro ano, juntavam as sílabas formando palavras e recitavam frases inteiras. Esse encontro não abarcou um estudo sobre a Pedagogia de Paulo Freire, que passamos a discutir e compreender depois da criação da UTE. Projetos importantes coordenados pelo Prof. Luiz Soares Dulci.

Naquela ocasião, a Dona Inspetora sentou-se próxima a nós, do outro lado do corredor:

– Vocês é que brilham no movimento reivindicatório – devolveu a seda. – Desconfortáveis essas poltronas – reclamou, repentinamente, e voltou ao bonde andando.

– Votei em vocês duas para representar a nossa região.

Foi uma assembleia e tanto! Veio gente de toda a região: Vale do Piracicaba, Vale do Aço, Região do Mato Dentro... – Passou a citar as cidades, as pessoas, tecendo elogios, citando também as reivindicações, muito indignada com a deterioração dos salários e das condições das escolas, e, de repente, reclamou dos buracos da estrada.

Enquanto a Dona Inspetora falava, repassei, mentalmente, a primeira assembleia, em nossa cidade, tentando determinar as ligações que causaram aquela imensa participação. O atendimento à convocação escrita em um quarto de folha que distribuímos nas escolas? Por que essa convocação se espalhou como rastilho de pólvora? O nojo à Ditadura Militar propiciou a mobilização? A ação pastoral promovida pelas CEBs também foi determinante? Acredito que tudo isso contribuiu, mas a motivação mais forte foram os salários do Magistério menores que o mínimo.

Lucila e eu eleitas para representar toda a região, aprendemos, no sufoco, sobre as forças políticas envolvidas, ainda mais porque o Padre Renato convidara para participar da nossa Assembleia a Maria Telma – presidente da Associação de Professores, única entidade organizada representante do Magistério (até aquele momento), a qual derrubamos naquele vinte e oito de maio de mil, novecentos e setenta e nove, elegendo o CGG como legítimo representante da classe. Lucila e eu fazíamos parte do CGG, que evoluiu para a UTE – União dos Trabalhadores do Ensino. Tornou-se o Sindicato da União dos Trabalhadores em Educação: Sind-UTE/MG, após a Constituição de 88, que contemplou o direito dos funcionários públicos à sindicalização.

– Esse motorista não está correndo muito? – reclamou a Dona Inspetora, interrompendo seu comentário sobre nossa ótima atuação à frente do movimento reivindicatório, ainda iniciante na ocasião daquela viagem.

O movimento iniciante virou quarenta dias de greve. Lucila e eu lideramos, apoiadas pela Igreja, pelo Sindicato dos Metalúrgicos, pela OAB, pelos bravos e ternos companheiros do CGG e, principalmente, pelas companheiras. As companheiras é que nos davam o sentido e a força. A Dona Inspetora discursou ao microfone, em praça pública, embora reclamasse do sol impiedoso da tarde.

– Você confia na Dona Inspetora? – sussurrou em meus ouvidos a Profa. Terezinha Mariano.

Não me preocupei com a pergunta, mas Lucila, sim. Lucila considerou seriamente a dúvida da Profa. Terezinha Mariano, que era uma mulher íntegra, participante da CEB e presidente da Associação do Bairro Baú e, no ano seguinte, a presidente da UTE.

– Lucila, estamos em plena Ditadura Militar. É comum a dúvida quanto ao posicionamento das companheiras. Mas a Dona Inspetora está conosco desde o início. Ela tem prestígio junto às diretoras. É importante para o movimento.

– Fiquei sabendo que a cartilha dela será editada com o apoio da SEE. A irmã do Secretário é que está trabalhando na ilustração.

Não liguei para aquela conversa. Precisava de tranquilidade para viajar pela região do Mato Dentro, para incentivar a greve nas escolas, discutir e deliberar sobre a experiência quanto à organização de classe.

De Santa Maria do Itabira, partimos para várias cidades, chegando até Santana de Ferros. Viajamos de carro da Prefeitura. O prefeito instruiu o motorista que nos conduzisse (Terezinha Bretas e eu) a todas as cidades que indicássemos. Aí, sim, me preocupei, porque o prefeito era filiado ao PFL, que sucedeu a Arena – partido da ditadura. Então, por que apoiava uma greve que, além da reivindicação salarial, agia contra a ditadura? "Quem joga os jogadores?" Mais tarde entendi que uma das faces da Política é a arte de mudar de lado de acordo com as circunstâncias e os interesses.

Assim que cheguei em casa, de volta da poeirenta viagem num Fusca, Lucila entrou pela porta da cozinha e, antes que eu dissesse boa tarde, disparou:

– Temos que destruir uma ata.

Sabíamos que um meganha ia de escola em escola, pesquisando os livros de ponto, registrando as ausências em ata, para informar à Junta instalada na Delegacia de Polícia.

– Sabemos disso. O meganha fica de pés e mãos quebradas enquanto a ausência for total.

– Essa ata de que falo é diferente.

– Como assim? Alguém furou a greve?

– Não. Ninguém furou a greve.

– O que aconteceu?

– A Dona Inspetora reuniu as diretoras, fez uma ata assinada por todas elas, culpando-nos pelas ausências, e mais: acusou-nos de ameaçar as professoras que furassem a greve. Amanhã, ela vai entregar a ata ao meganha.

– Como soube disso?

– Nem para você vou dizer o nome da diretora que me informou.

O segredo guardado a sete chaves pela Lucila, algum tempo depois, descobri que havia sido a Dona Hebe, que nos salvara das garras da ditadura. Eternamente grata a Dona Hebe.

Grata também a Lucila, brava companheira que, sem perda de tempo, me arrastou à casa da Dona Inspetora e obrigou-a a nos mostrar a ata. A cara de Lua Cheia da Dona Inspetora nublou com a nossa presença. Se havia alguma verdade em sua ata, era a ameaça. Até então eu não nos percebia como ameaçadoras. Naquele momento, ao ver a Dona Inspetora entregar o livro de atas a Lucila, retirar-se cabisbaixa, e fechar a porta, entendi que em nós se concentrava toda a garra da categoria. Por isso vencemos as dificuldades e levamos o movimento a termo.

Após a avaliação estadual final, dentro do ônibus, vendo a escura figura sentada a algumas poltronas de distância, é que respondi à companheira:

– A Lua Cheia não é totalmente cheia, enxergamos seu lado claro, mas tem o lado escuro, que a gente não vê.

O bancário

Assim que saí pela porta de uma das salas do Belas Artes Liberdade, encontrei-me com S, no saguão, que me abraçou, convidou-me para um cafezinho e me apresentou ao seu amigo funcionário da livraria situada ali. Estendi a mão direita ao amigo do meu amigo, mas S interrompeu meu gesto, dizendo:

– Ele gosta é de abraço.

O abraço, para S, lembrei-me, significa mais que um quebra-pedra do gelo das distâncias.

A princípio, abracei o livreiro meio encabulada. Depois da conversa vai conversa vem, já não havia distância, e nos irmanamos mediante o apreço pelos livros. Falamos de Rosa, Machado, Clarice, Cortázar, Lorca, e nos detivemos longamente em Cidades Invisíveis.

Antes de se afastar para atender aos clientes, abracei-o forte e senti muito gosto ao pensar que o veria a cada frequência à livraria.

Depois que nos sentamos e bebemos nosso café quentinho, S me falou do poder terapêutico do abraço, visto ser, quase sempre, acompanhado do sorriso e da gostosa balançadinha do corpo. Mesmo que seja formal, gera conforto, acolhimento, agradecimento...

Sobre o bem-estar gerado pelo abraço, S narrou, seguro, porque firmemente acreditava, com base em vivências experimentadas durante o tempo em que trabalhou no

Banco C, que o abraço pode funcionar como um viaduto entre duas margens ou como meio para evitar acidentes em encruzilhadas. E mais: pode fazer aflorar a água das pedras.

Enquanto S discorria sobre essas comparações, seu rosto sempre doce e calmo, assumia uma inquietude pelo desejo de algo. Percebendo minha intuição, abriu sua alma:

– "O desejo que transparece em meu rosto vem do meu tempo de trabalhador bancário. Liberei-o ao conhecer, dos colegas, o sujeito oculto sob ternos e gravatas, sob laquês, esmaltes e saltos altos, atrás dos olhos a flertarem com mesas sobre carpetes, e ao perceber que o rugir do tigre formara-se de palavras que pareciam pertencer a outrem.

A voz de outrem é que se fazia ouvir no discurso áspero com que o gerente tratava os subordinados que não cumpriam as metas. Como se uma entidade feitora tivesse se apropriado de sua voz. O senhor da selva exigia o cumprimento da meta. A meta volúvel. Uma vez alcançada, mudava de patamar. Como uma escada evasiva. Sem corrimão. Cada hora alguém caía da escada. As faces dos colegas denunciavam o medo da humilhação. Foi então que se manifestou o meu desejo de fazer algo que criasse o bem-estar no ambiente de trabalho."

Transportado para a cidade invisível de Anastácia, onde nenhum desejo pode ser desperdiçado, S botou mãos à obra e recriou o intervalo do cafezinho como: Café com Abraço. E o definiu: gesto rápido como um raio que alumia as pessoas livres, ou seja, que, por um momento, as liberta do temor.

E continuou:

– "Certa manhã, o gerente Elaim decidiu participar

daquele momento de aproximação entre os colegas. Postou-se sob o umbral da porta de vidro da sala do cafezinho, sem entrar nem sair. Tentava conversar, mas a voz mal acudia. Seus braços pesados, como concreto armado, não se moviam. Seu assessor funcionou como um guindaste para levantá-los e, assim, conseguir que ele abraçasse alguém. O seu abraço viaduto, naquele momento, não me esperançou.

Na semana seguinte, fui surpreendido pela voz sem espinhos do Elaim. O gerente encomendou ao funcionário da Flora que trocasse a decoração entre as mesas. Os vasos com cactos foram substituídos por vasos com bromélias.

Tornaram-se diferentes as paredes severas com intervalos de vidros fixos, altos, gradeados, por onde, às vezes, olhando para cima, cá do caixa (nunca saí do caixa), podia apreciar um retalhinho do céu. Agradeço ao céu as nuvens que formam figuras que são desfeitas pelos ventos, até mesmo por uma viração.

Por falar em viração, certo dia, o Elaim me convocou à sua sala. Pressenti que ia me oferecer, novamente, mesa sobre carpete (você já é antigo de casa, etc). Então me veio um desejo de palavras que não poderia desperdiçar: pedi-lhe permissão para compor e editar um jornalzinho da agência. Ele segurou a resposta por alguns minutos, fitou-me como se me visse pela primeira vez. Depois de longo silêncio, durante o qual se deu ao trabalho de refletir (até então, seu costume era responder não, e pronto), acabou consentindo:

– Quer tentar? Terei que endossar cada número, ficou claro?

Fui em frente. Acredito que o curso de Letras me namorara em silêncio, durante longos anos. Não serviu para minha salvação econômica, entretanto me salvaria, porque me ajudaria a compor a face que sonhara para mim. Pus mãos à obra. Trabalhava o jornalzinho em casa, nas horas vagas. Comecei por pedir a participação dos colegas. Alguns aceitaram, meio trocistas: "Coitado, é um poeta". Entrevistei-os para compor matérias simples como datas de aniversário, noivado, casamentos, conquistas dos filhos, impressões de viagens. Após o primeiro número, outros colegas foram chegando devagarzinho, me oferecendo matérias. As do sindicato eram censuradas por Elaim. Dessas, consegui introduzir informações sobre convênios, preços de material escolar e agenda. Matérias simples que produziram efeitos surpreendentes. Foi como resgatar as identidades sob os rótulos de diretor, tesoureiro, consultor, caixa, auxiliar de serviços gerais e segurança. Estes últimos, que antes do jornalzinho pareciam sem rosto, sem endereço, quase invisíveis, passaram a ser cumprimentados e receber 'por favor' e 'muito obrigado'.

Após trinta anos, despedi-me de cálculos, telas e, com certa tristeza de tempos findos, da convivência com os colegas de profissão que contribuíram para que chegasse até ali o eu macio que me habita."

Assim dizendo, S abriu um sorriso lindo, me enlaçou com aquele abraço que faz a gente se sentir especial. Retribuí com a gostosa balançadinha do corpo e fui para casa.

Ao subir a avenida, passei pelo fícus na esquina do Museu Histórico. Sabe qual? Ele me lembra uma árvore das Cidades Invisíveis. O Fícus retira a água para sua Sobrevivência do córrego coalhado de efluentes advindos das construções e desconstruções humanas decorrentes dos flancos civilizados.

Os metalúrgicos

O olhar de Inês tornou-se a lembrança mais dolorosa de tudo o que se sucedeu, durante vinte e três dias, naquela cidade onde imperava o aço. Foi preciso uma têmpera de aço em cada um de nós? Transformamo-nos na hematita extraída da serra, no carvão transportado, por teleférico, das carvoarias da Mata? Éramos produtos da cidade marcada por carvão, poeira e areia preta?

A poeira do minério expelida pelas chaminés tornava-se um conjunto marrom avermelhado, pesado, que, sem conseguir chegar às nuvens, caía sobre os telhados, empoeirando a alma. A alma se limpava num único dia do ano: a Sexta-feira da Paixão. Único dia santo guardado pela Usina. Nesse dia, a sinterização e as chaminés se calavam.

O silêncio da cidade durante os vinte e três dias de greve dos metalúrgicos poderia ter sido comparado à Sexta-feira da Paixão não fossem o tilintar de garfos, colheres, facas, copos e xícaras e o encontro de colheres, conchas e escumadeiras com as frigideiras, os tachos e as altas panelas de alumínio. Os sons que sobressaíam eram os das frituras, dos cozimentos, das fervuras e do fervor do terço e da missa campal. Os cheiros que usurparam o poder dos gases tóxicos da usina vinham do frango frito, dos bifes acebolados, do torresmo, da feijoada, do tropeiro com linguiça e, sobretudo, madrugada afora, do café passado no coador de flanela. O bom café servido em copos descartáveis. O café servido madrugada adentro e às sete da manhã.

A cozinha improvisada ao lado do Zebrão, sob a telha metálica do estacionamento de bicicletas, entre a grade do pátio da usina e o asfalto, foi a forma de apoio criada pelas professoras já organizadas na UTE à greve de ocupação – uma turma de metalúrgicos ocupou a usina; duas turmas apoiaram do lado de fora. A Igreja, a UTE e outros grupos sociais participaram do apoio por meio da Palavra e da Cozinha. A UTE fora apoiada pelos metalúrgicos durante os quarenta dias de greve do Magistério, em 1979, e em vários movimentos durante os anos 80. Havia união entre as classes profissionais. Juntaram-se ao apoio a Associação das Lavadeiras e das Domésticas, o Grupo de Mulheres e o Grupo de Jovens.

Bonito como a solidariedade se espalhou pelos bairros da cidade e por toda a região. Aqueles comerciantes de Carneirinhos que não arredavam dez centavos de alguma conta traziam pacotes de arroz, feijão, café e açúcar para a nossa cozinha. Os sitiantes das cidades próximas, as frutas e verduras. Um sitiante cujo filho metalúrgico fazia parte da ocupação veio de caminhonete e descarregou toda a carroceria de laranjas em nossa cozinha. Não sei explicar como, imediatamente, surgiram uma máquina de descascar laranjas e outra de picar legumes. Talvez saiba. É que a função de descascar ficou a cargo de Pesce, diretor do Sindicato dos Metalúrgicos, e homem é assim: quando lhe damos uma função doméstica, num instantinho arruma uma máquina.

Independentemente de saber que a massa salarial dos metalúrgicos e das professoras é que sustenta as atividades econômicas da cidade e região, o apoio dos comerciantes e sitiantes foi imprescindível, fortaleceu o movimento, transcendeu-o.

Bonito como as pessoas participantes das CEBs e Associações de Bairro largaram tudo em casa, até o futebol e as novelas gritantes e lacrimosas da TV, e acorreram em apoio ao movimento.

A solidariedade é fundamental.

Preciosas as lideranças de Leonardo Diniz e Antônio Ramos sustentando a penosa ocupação da usina.

Precioso o apoio de Padre Renato Stomarq celebrando as missas campais assistidas pelos metalúrgicos de dentro da fábrica: seus rostos, seus cabelos, suas roupas de dormir no chão, suas vozes, seus sacrifícios, suas rezas pelos espaços vazados da grade.

Santas Missas assistidas pelo pessoal do apoio aquém da grade, irmanado aos de dentro, rezando pelo atendimento da reivindicação: o pagamento do devido e sagrado Prêmio do Cobertor, tradicionalmente pago, todo ano, no dia Primeiro de Maio, repentinamente e ilegalmente suspenso pela empresa, mas cobrado judicialmente pelo Sindicato repetidas vezes, sem a devida decisão da Justiça.

Santas Missas de domingo com imensa participação da população da cidade e de pessoas, de algum modo, ligadas ao movimento, vindas de toda a região do Vale do Piracicaba.

Santas Missas cujas palavras de fé e esperança tornavam sagrado o movimento, cujos discursos animavam os grevistas, noticiando os acontecimentos e os resultados das reuniões dos diretores do Sindicato e seus advogados com os prepostos da empresa.

Santas Missas cujos boletins dominicais produzidos pela Diocese santificavam e fortaleciam o movimento e o faziam crescer cada vez mais.

Santas Missas cuja grandeza atingia a nossa disposição de prosseguir até a vitória, mas amedrontava os dirigentes da empresa, que tomavam medidas ineficazes como fechar o restaurante, desligar a luz de alguns setores, desligar a água e ameaçar com a polícia.

As ameaças não surtiam o efeito desejado pela empresa, porque aprendemos a enfrentar o medo. "Quem tem medo é corajoso" – pregava o Padre Renato Stomarq. Aprendemos a não ter medo de ter medo. Aí aconteceu a Madrugada do Terror.

Durante toda a madrugada, a expectativa do cumprimento de uma ameaça factível, efetivamente, balançou todos os ânimos: um pelotão do Exército já se aproximava da cidade para invadir, à força, a ocupação.

Essa estratégia de enviar o Exército para pôr fim ao movimento grevista já acontecera em Ipatinga, no dia 7 de outubro de 1963. O então governador do Estado, Magalhães Pinto, usou o Exército, que abriu fogo contra os operários, assassinando oito pessoas – número fornecido pela polícia, contestado pelos moradores da cidade e, após a Ditadura Militar, investigado e deixado em aberto pela Comissão da Verdade.

A memória do Massacre de Ipatinga nos aterrorizou madrugada adentro. Houve muitas horas de diálogo do sindicalista João Paulo Pires, de representantes da Igreja e da OAB com o governador Hélio Garcia. Enquanto dialogavam, a força militar estacionou diante da portaria em frente à sinterização.

Exceto os que tinham ido descansar, os do apoio se posicionaram numa coluna, protegendo a entrada. O medo imobilizava. Um metalúrgico rompeu o medo e se dirigiu ao tenente:

– A força bruta veio ao endereço errado. O endereço certo, posso indicar: é só descer a rua e entrar no pátio da Fazenda Monlevade. Na sede antiga é que trabalha o superintendente da usina. É ele que nos deve.

O tenente ouvia, impassível, o metalúrgico. Creio que, na expectativa do resultado das negociações e preparado para invadir, intimamente sofria e torcia pela paz. E o metalúrgico continuou:

– Parece uma inversão, porque eu comprei uma televisão e atrasei as prestações, não consegui honrar o pagamento. O oficial, acompanhado da polícia, entrou em minha casa, me obrigou a pagar ou devolver o bem. Então? A força bruta tem que ir à casa do devedor, e não dos credores! Tenho o direito de receber o meu "Burro na Sombra"!

O tenente franziu levemente a testa e arregalou os olhos. Se tivesse pretendido alguma outra reação, ficou para ele mesmo. Voltou à postura impassível. Com certeza não entendeu o "Burro na Sombra" – apelido dado pelos metalúrgicos ao valor acumulado devido ao tempo de reivindicação do Prêmio do Cobertor, de recusa da empresa e da falta de decisão da Justiça. Acumulou! O valor significava uma boa folga financeira a que tinham direito legal, e lutavam bravamente pelo cumprimento da lei.

Quando a força bruta deu meia volta e se foi, soubemos que as negociações alcançaram a paz. A paz comemorada com orações fervorosas de Graças a Deus e aos negociadores. Entre estes, o assessor jurídico do Sindicato dos Metalúrgicos, Dr. José Caldeira Brant.

Resultou da negociação final o acordo para transformar o "Burro na Sombra" em Um Terço de Férias. Proclamado o resultado, os metalúrgicos foram desocupando a usina, passando pelo Zebrão e recebendo, à saída, aplausos e um Diploma de Herói, confeccionado pelo pessoal do apoio. Naquele mesmo ano, houve eleições para a

Constituinte, a ser instalada em 87 e promulgada em 88. O metalúrgico João Paulo Pires foi eleito e escreveu o "Burro na Sombra" na Constituição, ou seja, Um Terço de Férias, que passou a ser percebido por todos os trabalhadores do Brasil, até hoje.

Procurou-me, na manhã seguinte, antes da Missa da Vitória, um metalúrgico, pedindo o seu diploma. Não o havia recebido. Respondi-lhe que o diploma deveria ser entregue a quem ocupou a usina até o final. E disse:

– Não o vi à saída.

Ele se justificou:

– Eu me senti mal. Tenho problema cardíaco. Fiquei os vinte e três dias. Saí uma hora antes.

Não lhe dei o diploma. Fui contestada pelas companheiras:

– Quem a procurou foi o Seo Elpídio, marido da Inês. Ele saiu apenas uma hora antes, porque precisava de tomar um comprimido. Durante a ocupação, esvaziou o frasco.

Dona Inês, esposa de Seo Elpídio, era a chefe da cantina do Colégio Estadual, onde éramos companheiras de trabalho. Durante a ocupação, foi o braço direito de Terezinha Mariano, que tomou a si a supervisão da comida. A Profa. Terezinha Mariano, além da História e do Ensino Religioso, conteúdos que dominava e ensinava perfeitamente, conhecia, como poucos, a arte mais importante de todas: a Arte Culinária.

– Vamos à casa de Inês levar o diploma de Seo Elpídio – impôs Terezinha.

Dirigi até a Cidade Satélite, conduzindo Terezinha (às vezes, eu a conduzia; outras, era Terezinha que me conduzia; cambiávamos os papéis, quando necessário).

Autografamos o diploma e o entregamos ao Seo Elpídio, com sinceros pedidos de desculpas da minha parte.

Três dias depois, Seo Elpídio teve um infarto e morreu. Nunca esqueci o olhar sofrido de Inês me dilacerando a alma.

Houve muitos atendimentos médicos aos metalúrgicos que participaram da ocupação. Os médicos Laércio e Luiz Fernando percorriam a ocupação, atendendo-os, receitando os medicamentos. Algum diretor do Sindicato se responsabilizava por aviar a receita e entregar o remédio ao companheiro que precisava dele.

A greve dos metalúrgicos de 86 foi uma guerra com perdas consideráveis de saúde física e emocional dos participantes. A perda de vidas que se seguiu após o movimento nunca foi estudada. As doenças psíquicas, também não. Refletindo um pouco sobre o impacto na saúde pessoal causado, entre outros fatores, pela participação nos movimentos de luta social, volto o olhar para os parâmetros de atuação civilizada que, normalmente, já causam mal-estar. Tornam-se mais duros durante um conflito, em virtude, principalmente, da pressão da base, que não admite falha da liderança, que carrega a responsabilidade (mesmo compartilhada) pela vitória. A intransigência quanto ao cumprimento das regras vai endurecendo o sujeito, contrariando o conselho de Che: "*Hay que endurecerse, pero sin perder la ternura jamás*". A percepção da fuga da ternura é assustadora. Ainda assim, num conflito, mantemos o autopoliciamento para barrar a subjetividade – essa invasora incorrigível –, para que as decisões sejam objetivas, intransigentemente, sem concessões. Esse endurecimento dos parâmetros das ações briga com a nossa subjetividade, constituindo um componente do estresse, chegando mesmo ao Burnout – importante elemento do adoecimento das lideranças e participantes das lutas sociais.

A regra (que nós mesmas fizemos) de só entregar o Diploma de Herói a quem saísse pela portaria do Zebrão me fez negar ao Seo Elpídio o certificado de sua luta, que pode ter agravado sua doença cardíaca e lhe custado a vida.

Arrependida, consegui atenuar a dor do outro pelo não reconhecimento de sua penosa participação na greve, atenuando também a minha culpa. Entretanto, o olhar de Inês, até hoje, me corta o coração.

Território Sagrado

Cemitério ou Campo Santo, onde enterramos nossos mortos, é também denominado Território Sagrado.

A palavra Território guarda o sentido de solo delimitado de que fazem parte o subsolo, o espaço aéreo e as águas. Guarda também o sentido de ocupado. O Cemitério é ocupado pelos mortos, e o respeito aos mortos é Sagrado. Sagrado para todos os povos, de todas as épocas. Externamos nosso respeito aos mortos participando dos rituais do velório que precede o enterro em túmulos ou precede a cremação; das orações, missas e homenagens no Dia de Finados.

Irmanamo-nos com outros povos de outras idades, de outros lugares, por meio dos sentimentos que há em suas manifestações, como: as pirâmides do Egito, o ritual do Quarup, celebrado pelos povos indígenas do Xingu, os memoriais como o de Nagasaki – não há quem não sinta as almas das crianças atingidas pela bomba enquanto estudavam naquela escola que ergueu, no pátio, em homenagem a elas, um memorial construído com as ferragens retorcidas que sobraram do prédio. Não há quem não se emocione ante o memorial em respeito aos doze alunos da Escola Tasso da Silveira, no Realengo, Rio de Janeiro, assassinados por um franco atirador...

Território Sagrado é também Brumadinho, onde duzentas e setenta e duas pessoas foram mortas pela Vale.

Crime investigado por uma CPI da Assembleia Legislativa de Minas Gerais, cujo relator foi o deputado André Quintão.

O crime ocorreu no dia 25 de janeiro de 2019, e a Comissão concluiu o inquérito no dia 12 de setembro do mesmo ano. Após seis meses de investigação, a CPI pediu às autoridades judiciais o indiciamento da diretoria da mineradora Vale por homicídio doloso eventual.

Fizeram parte da Comissão: deputados André Quintão, Beatriz Cerqueira, Cássio Soares, Gustavo Valadares, Inácio Franco (depois Glaycon Franco), João Vítor Xavier, Noraldino Júnior e Sargento Rodrigues. Mais os suplentes: deputados Bartô, Celinho do Sintrocel, Doutor Wilson, Repórter Rafael, Sávio Souza Cruz e Ulysses Gomes.

Foram indicados pela CPI para serem indiciados: Makoto Namba, engenheiro da Tüv Süd; André Yassuda, engenheiro da Tüv Süd; Fábio Schvartsman, ex-diretor-presidente da Vale; Gerd Peter Poppinga, diretor-executivo de Ferrosos e Carvão da Vale; Silmar Magalhães Silva, diretor de Operações da Vale; Lúcio Flávio Gallon Cavalli, diretor de Planejamento e Desenvolvimento da Vale; Rodrigo Artur Gomes de Melo, gerente executivo do Complexo Paraopeba da Vale; Joaquim Pedro de Toledo, gerente executivo de Planejamento e Programação da Vale; Alexandre de Paula Campanha, gerente executivo de Governança da Geotecnia Corporativa da Vale; Renzo Albieri Guimarães Carvalho, do Departamento de Geotecnia da Vale; Marilene Christina Oliveira Lopes de Assis Araújo, do Departamento de Geotecnia da Vale; Christina Heloiza da Silva Malheiros, do Departamento de Geotecnia da Vale; e César Augusto Paulino Grandchamp, geólogo da Vale.

Além da apuração do crime da Mina Córrego do Feijão, em Brumadinho, a ALMG apontou que a fiscalização do governo do Estado não foi e não é eficaz. Nas últimas três décadas, milhares de autos de infração aplicados em mineradoras não foram processados pela Secretaria de Meio Ambiente.

Quantos crimes de mineradoras ocorrem por falta de fiscalização! Em 18 de junho de 2001, a Mineração Rio Verde (hoje Vale) matou cinco pessoas em Macacos. Atualmente, Macacos vive sob novas ameaças e, por isso, perdeu sua principal fonte de renda, o turismo. Em Mariana, morreram 19 pessoas, no dia 5 de novembro de 2015, sem falar nos prejuízos ambientais ao Rio Doce e suas margens e no prejuízo econômico aos moradores das cidades banhadas pelo Doce e seus afluentes. Três mortos com o rompimento de um talude na Mina Retiro do Sapecado, da Herculano Mineração, em janeiro de 2007. O rompimento da barragem da Rio Pomba Cataguases inundou de lama de bauxita as cidades de Miraí e Muriaé, contaminando os rios, o solo e as águas. Em 29 de março de 2003, rompeu uma barragem em Cataguases, e um bilhão e quatrocentos milhões de litros de lixívia negra, resíduo da fabricação de celulose, contaminaram o Rio Paraíba do Sul, atingindo o interior do Rio de Janeiro, devastando as margens e a vegetação. Em 2009, em Cataguases, a mesma empresa de celulose liberou gradativamente resíduos sem tratamento no leito do Rio Paraíba do Sul.

A tantos crimes veio se somar o de Brumadinho, cuja apuração começou por iniciativa do requerimento de CPI do deputado Sargento Rodrigues (mais dois deputados apresentaram requerimentos de CPI: Beatriz Cerqueira e Wilson Batista; o do Sargento Rodrigues foi o primeiro e, por isso, aceito pela Mesa e assinado por outros 73 deputados, o que deu origem à CPI de Brumadinho). O deputado André Quintão foi o relator, e o presidente, Gustavo Valadares. Essa CPI, além das apurações de responsabilidades, pretendeu deixar claro para as mineradoras que não é só levar o minério e deixar destruição e morte. A população de Minas Gerais convive com a insegurança e o medo devido à atividade de mineração praticada pela Vale.

Outra criação que o povo mineiro espera da ALMG é que seja nomeado como Território Sagrado o lugar onde, em 25 de janeiro de 2019, duzentas e setenta e duas pessoas foram enterradas vivas. Apesar de todo o esforço de resgate do Corpo de Bombeiros de Minas Gerais e de voluntários, ainda há pessoas sob os rejeitos de minério. Esse lugar deverá ser o Cemitério onde os familiares e amigos farão suas orações e homenagearão seus mortos.

É imprescindível a construção de um memorial naquele Campo Santo. O Memorial é pedagógico, guarda para sempre a memória de um evento que deve ser evitado pelas empresas, autoridades e população, e ensina a História às gerações futuras. Ensina e Educa para a preservação da VIDA.

Reencontro

Léia botou a chaleira no fogo e pôs-se a cuidar de si. A água fria àquela hora da manhã lhe causava arrepios. Enquanto se enxugava, admirou seu rosto no espelho: vivido! Quase exclamou em voz alta. Tão vivido quanto os das amigas que, à tardinha, viriam visitá-la.

– Hoje a gente bebe um vinho e bota a prosa em dia.

Seguiu o ritual de toda manhã: coar o café, ferver o leite, desenformar a quitanda cuja receita encontrara, há tempos, num *site* argentino, a qual demandou o mesmo trabalho que o pão: juntar os ingredientes caseiros, misturar, amassar, sovar, formatar e assar, o que fez ontem à noite, para adiantar as coisas e deixar a mesa do café arrumada para o irmão divorciado que morava com ela. Aí comeu uma robusta fatia, bebeu um copo de café com leite e saiu.

Da galopeira não perdera o hábito, embora não carecesse mais de se multiplicar, nem de coser vários feitios de vestido como nos bons tempos. Este aqui mais dois ou três úteis às variadas horas bastavam. Então?

Sobrara-lhe o Pedro, seu irmão caçula divorciado. Privado de seu lar e extinto o lar materno, arranjou-se no fraterno. Não que ela não tivesse a paciência fraternal. Ele é que, às vezes, se impacientava por querer que ela visse o que ele via.

– Você não vê que a Petrina é trevosa? – inquiriu Pedro, à queima-roupa.

– Trevosa ou não, vai participar do encontro hoje. Isso foi combinado antes das trevas. Não vou excluí-la.

– A pandemia deu suficiente trégua, mas as trevas, não.

– Então? Vamos aproveitar a trégua. Confio nesse encontro para falarmos de nossa história, que já se vai apagando como vidas de outra encarnação.

– A Petrina tem remela nos olhos.

– Já combinamos a pauta com antecedência, só amenidades: culinária, flores, cenas divertidas dos nossos passeios, do Onçafari, da excursão pela Amazon Jungle Trips... Essas lembranças certamente vão desarmar as falas trevosas da Petrina e distrair a Dulce, recém-saída de uma clínica de repouso.

– O nosso amigo escritor, se o tivessem convidado, Dulce ficaria mais segura. Eles se gostam muito. E a Petrina pensaria duas vezes antes de afirmar que a Terra é plana.

– Convidei-o. Mas José não pode vir. Tem que terminar sua pesquisa sobre a poesia de Ernesto Cardenal e o seu trabalho social em Solentiname.

– Deveriam ter excluído a Petrina – insistiu o irmão –, e continuou: – Pretendem relembrar a história? Tô ligado!

Pedro via as relações sociais assim: trevosos pra lá, xô!!! Seu jeito de ver é pau, pau, pedra, pedra. Divulgava-o à revelia do ouvinte. Seu propósito, em qualquer roda de prosa, primava pela manifestação impositiva de seus pensamentos.

Esse jeito inconveniente do irmão compensava-se por sua habilidade como o homem da casa. Consertava tudo. Além disso, seu *hobby* a divertia. Um *hobby* sério. Dedicava-se, com empenho, aos vídeos e filmes. Já conquistara um prêmio por um curta realista no CineOP. Era bom nisso. E prestativo: antes de viajar para Itabirito, para visitar o filho – o juiz lhe concedera um final de semana por mês –, deixou o projetor preparado para que a irmã pudesse operá-lo facilmente durante o reencontro, hoje à tardinha, quando pretende ilustrar a prosa com os vídeos de suas viagens ao Pantanal e ao Amazonas. Ele tivera um trabalhão para transformar os vídeos da irmã gravados com o celular e as fotos da Canon num filme digno. Usara sua mesa de edição e a de áudio, inserindo até uma trilha sonora: a Sinfonia Nº 5 de Mahler.

De música, a irmã entendia do gostei ou não gostei; de vídeos, as gravações com o celular. Por isso o irmão, antes de sair de viagem, deixara a tela branca e o aparelho arrumadinhos:

– É só apertar este botão. Assim que começar o filme, não pode ser interrompido. O aparelho desliga-se, automaticamente, ao final. Não toque em nada. Zele porque é uma máquina muito cara, mais de cinquenta mil. Por último, desligue da tomada e leve para dentro. Com cuidado, viu?

Bom irmão – reconheceu, ao voltar da Casa do Vinho, trazendo uma caixa de Merlot, depois de ter passado no Mercado Central, onde comprou as frutas da estação e os queijos. Ela não conhecia muito bem os vinhos. Confiou no *sommelier*. De queijos, sim. Trouxe o Canastra, o Serra da Mantiqueira, o Parmesão Artesanal e um Sabor da Fonte. Pronto! É só arrumar a casa.

Não é que passou o resto do dia faxinando e arrumando o cantinho especial para o reencontro? Não era bem um cantinho, e sim um canto do quintal entre sua buganvília e a roseira de sua mãe, que Deus a tenha. Arrumou as cadeiras almofadadas em meia lua, de frente para a tela branca, sem tocar na tralha cara de *home theater*. As outras cadeiras, dispôs em volta da mesa, uff! Hora de se aprontar!

Amena a tarde do reencontro. A anfitriã sempre hospitaleira. Dulce recém-saída de uma clínica de repouso, mas refeita, inundando a tarde com seu sorriso claro e perfume de rosa. Célia com suas mãos generosas enchendo uma cumbuca com castanhas de Bocaiúva. Petrina e seu eterno pretinho básico.

Léia, emocionada, podia tocar, abraçar, sentir o calor das mãos de suas amigas, nem se importava com a remela dos olhos da Petrina, beijou-a com amizade.

Haviam passado a pandemia sem contato físico, trocando mensagens pelo WhatsApp sobre acontecimentos que fizeram com que Dulce adoecesse dos nervos. Mas já sarou. Está agora apreciando a toalha de fibra de Buriti que forra a mesa.

– Artesanato Boe Bororo, eu me lembro da nossa viagem ao Pantanal.

– Mais à boca da Noite, vou projetar as imagens – prometeu Léia.

Dulce gostou da proposta de relembrar os momentos bons que viveram juntas e ilustrá-los com imagens e vídeos gravados durante os passeios. As viagens com as amigas iam-se apagando. O tempo na pandemia dobrara de tamanho. As distâncias triplicaram. Precisava daquele reencontro para refrescar a memória e o afeto pelas companheiras, como também por recomendação do psiquiatra: – Saia um pouco do isolamento, encontre as amigas. Vão lhe fazer bem. As amizades são o nosso alento.

Dulce relutou em seguir a recomendação médica. Vivia um tempo difícil. A Morte deixara de acompanhar a vida como sombra opaca, mostrara-se em cores pungentes. Os Inumeráveis pesaram, e o isolamento a deixara sem pés nem mãos. Acabou fraca dos nervos. Por essa terrível realidade não seria golpeada ali – esperançava, enquanto Léia estendia a mesa.

– A renda a compor a bainha da toalha mais que linda e delicada, verdadeira arte – reconheceu Célia.

– Mais delicados e lindos os brincos de palha e metal banhado a ouro que estou usando – atalhou Petrina.

– Gosto, cada um tem o seu – respondeu Célia, devolvendo o tom da fala de Petrina.

Léia, percebendo a tempo o ligeiro incômodo, interveio:

– Tanto artesanato com o buriti: esteira, tapete, bolsa, rede, chapéu. O suco do fruto tem leve parecença com o do cajá.

A toalha pautava a conversa entre Célia, Léia e Petrina. Dulce as ouvia, em silêncio, o olhar preso à trama de correntes a se unirem em forma de palmas e sóis. Inesperadamente, ouviu o vento a encher de dor os buritizeiros. Percebeu-se a tempo de um surto. Controlou-se. Seus olhos se encontraram com as facas de Petrina:

– Esse tipo de trabalho é que serve para os índios. Terra, para quê? Não entendem do agronegócio. Além do mais, cambada de preguiçosos.

Célia custava a aceitar que Petrina, amiga de infância, de escola, de turma, tão normal... de repente, tornar-se trevosa.

– Por que, meu Deus?

– Por que o quê? Interrogou-a a trevosa.

– Nada, não! Pensava em voz alta.

Léia interrompeu a conversa à parte:

– Trouxe também essas taças decoradas com desenhos de jaçanãs.

Arrumou as taças e o vinho tinto numa bandejinha

redonda, de gradinha de prata. Os queijos, numa travessa de porcelana decorada com o desenho de um Tuiuiú.

– Também trouxe *souvenir* – mostrou Célia –, esta jaqueta que estou usando. Vejam que lindo o bordado nas costas: a figura de uma onça pintada. A aplicação, o risco e as linhas formaram o desenho. Perfeito, né?

Ao ar livre, no meio da área ladrilhada, ladeada pela Buganvília e pela roseira cheinha de flores e botões, a jaqueta é comentada ao sabor de queijos e vinho. Petrina encrespa:

– Li seu artigo sobre a onça, na revista Ecotur, e não gostei.

Léia, novamente, interveio:

– O artigo de Célia versa sobre uma fantasia, como tem que ser. Trata-se de uma dança dos índios Bororo a que assistimos. A Dança da Onça em torno de um jovem índio que se torna bravo caçador por ter matado a onça com suas próprias mãos.

– Todas nós assistimos – continuou Petrina, mas Célia realçou a sua análise, sem considerar as demais.

– Apenas um relato inocente...

Antes que Léia continuasse, Petrina interrompeu:

– Relato inocente? Célia tomou a onça como metáfora do poder da selva e fez uma análise política. Me pareceu uma proposta para derrubar o poder com nossas próprias mãos.

Antes que Célia retrucasse: "Tomara!", Dulce grita com admiração:

– Olhem Vênus na face do entardecer se tingindo, devagarzinho, com a tinta do jenipapo –, e declama:

– Primeira estrela que vejo / Dá-me tudo que desejo.

Léia corta, diplomaticamente, a declamação:

– Do que mais gostei da excursão ao Amazonas foi

do Jardim da Vitória Régia. A Vitória Regia reinando nas águas e a Samaúma, na floresta.

– Lembra que coube todo mundo da excursão entre as raízes da Samaúma?

– No lugar de cada Samaúma, cabe uma boiada – azedou Petrina.

Antes que alguém retrucasse, Léia, novamente, atalhou:

– Em homenagem ao reencontro, botei meu colar de jarina e arrumei as frutas nessa bandeja pintada com peixes e pássaros.

Dulce se lembrou:

– Os peixes se sobressaem em toda manifestação cultural. Lembram da Feira do Pirarucu Manejado? Bruno Pereira estava justamente apoiando um projeto nesses moldes, em conjunto com a comunidade de São Rafael: projeto de estímulo a criadouros de peixes fora do perímetro das terras indígenas.

Lembrou-se também do bingo beneficente, da música e da Dança do Curumim:

– Tuiuiú, Curumim, iê, iê. Nem o Tuiuiú podia dar notícia do curumim sequestrado pelo homem branco. Para mim, uma ópera no chão de terra.

Petrina, de repente, desistiu de suas cobranças. Léia, após as descrições de Dulce e se valendo da trégua de Petrina, anunciou a exibição das imagens que acalmaria as diferenças e salvaria o reencontro. Ligou o aparelho como o irmão determinara.

Diante da tela, Dulce se viu ante a parede branca que a confinara durante as últimas semanas. Léia percebeu a reação da amiga e a acalmou:

– Sossegue! Pedro, generosamente, editou as imagens num só filme. Vamos assistir.

As amigas ocuparam as cadeiras almofadadas e se concentraram na primeira cena, em cujo fundo de floresta se destacavam formosas índias se banhando com os curumins e cantando:

"Eu falo com o vento
E com os animais
Eu nado com os peixes
Somos iguais

Meus cabelos negros
A noite tingiu
Serviu como espelho
A água do rio"

– Não disse? Essa cena em alta resolução dá de dez nas do celular – vangloriou Léia, aliviada pela beleza da introdução.

Antes que as companheiras opinassem, a água já se tingia. As índias e os curumins nadavam com a morte nas costas. Tão formosos os corpos em espesso caldo de urucum, arrastados na corrente de agonia. Caladas as vozes secretas das margens: as árvores já carvão, quase pedra, um tamanduá-bandeira inerte sobre galhos esturricados. Uma onça-pintada com as patas em brasa. Um porco-do-mato fugindo do fogo sem ter para onde. Uma jiboia transformava-se numa enorme língua incandescente, insetos fugiam feito tochazinhas acesas, jaçanãs voavam pelo pulmão cinza do ar. A voz do vento se unia ao choro dos buritizeiros Entre as muralhas de fogo, as peles incandescentes, corpos inchados de fumaça, os passos em fuga da casa natural transformada em inferno. Os anciãos, as crianças, os pais: quem vive, quem morre? Perguntam os metais de Mahler.

A água das mangueiras dos brigadistas de nada valia ante o interminável fogo. Em meio ao horror, ria-se o ministro do Meio Ambiente de óculos feito dois muros.

Os óculos duros mergulham no Rio Javari. Surgem dois homens numa embarcação: seus rostos em close são os de Bruno Pereira e Dom Phillips. Uma saraivada de tiros os abate. Seus corpos reaparecem na floresta espessa, esquartejados. Segue-se uma cena de sangue que embebe a areia do chão, rega os açaizeiros, passa por suas raízes e se junta à seiva derramada durante a tortura e a morte das Carnaúbas, Andirobas, das matas de Caiapós, das Palmeiras e Seringueiras.

Na última cena um uirapuru solitário trina e foge da floresta ardente.

Fim.

Após o fim, Petrina preenche o vazio de palavras:

– Preciso lhes dizer que adquiri o apartamento ao lado. Comunique ao Pedro, Léia, que doravante serei vizinha de vocês. Vizinha parede-meia.

Saúde!

“O chefe da festa disse: tu serviste
o vinho melhor por último”

A empregada entra na sala de jantar trazendo da despensa o último vinho. Observa a patroa, silhueta de palmeira moldada pelo vento, numa cabeceira. Na outra, o patrão a presidir o almoço comemorativo que a vem ocupando a tarde inteira, sem falar na trabalheira na cozinha durante toda a manhã. “Sou paga pra cozinhar e servir comida e bebida a esses convidados pelos sempre desconvidados pras coisas deles”. Os patrões, vesprando um século de vida, sentem os desconvites, mas continuam a ter a família em alta conta. Especialmente os filhos. Amam até os que reclamam: “Pesado lidar com os velhos.” Até parece! Os filhos se queixam sem se dar conta de que levam os pais em seus passos.

Enquanto analisa, muda, os convidados e sofre ao observar uma nódoa na brancura da toalha de mesa, a empregada almeja o fim da festa: “Ainda bem que falta apenas servir as taças vazias trespassadas pelo restinho de luz da boca da noite e ouvir o discurso de Seo Phidélis”:

– Este vinho é de uma reserva especial – começa o velho, recebendo das mãos da criada uma garrafa antiga de camisa de metal dourado, meio franzida, meio rasgada, entremostrando a cortiça. No rótulo carcomido quase que se podia adivinhar um nome, ou a idade, do conteúdo no relevo de um selo no continente.

– Jussara e eu o recebemos como presente de casamento – continuou o velho. – Após a cerimônia religiosa, eu disse a Jussara: guarde-o bem. Vamos saboreá-lo no futuro, no dia de nossas Bodas de Diamante. Enfim chegou o grande dia.

À fala de Seo Phidélis seguiu-se um burburinho zombeteiro. A empregada, que, além de pé de boi, funciona como anjo da guarda dos patrões, sentiu comichões na língua: "Sim, o vinho, quanto mais velho, melhor!" Poderia responder aos incrédulos e acabar com a murmuração. Ou poderia revelar, em alto e bom som, a verdade que nenhum filho conhece. Somente ela, a empregada, foi digna da confiança da patroa. As duas sozinhas na cozinha, Dona Jussara lhe confidenciou que, na noite da lua de mel, abriu o vinho do casamento, bebeu-o e deu-o de beber ao marido, que o sorveu num colchão de estrelas, sem saber que bebia o presente que jamais seria futuro. Poderia revelar aos convivas que, versada na arte do caseiro, ano após ano, Dona Jussara colhia jabuticabas no terreiro, fazia o vinho e renovava o conteúdo desse continente tão próprio para refil. E ela, a empregada, pau pra toda obra, tornara-se cúmplice: encarregada de ir ao Mercado Central comprar cortiças novas.

Essa cumplicidade, muitas vezes, sua língua coçou para trair, principalmente quando Seo Phidélis rondava a despensa, meio desconfiado, mas imediatamente confiante ao ver a garrafa sempre cheia, acreditando ser o presente do casamento. Segurava a língua pra não destruir aquela ilusão fabulosa.

Voltando à sua serventia, a empregada circula em volta da mesa, servindo a um por um daquele vinho que não era o mesmo da lua de mel, e sim um substituto inventado, instável, cujo sabor e cuja cor variavam conforme o tempo mais ou menos propício à fermentação, sujeito a chuvas e tempestades, às vezes tão fortes de fazer a casa cair. Certa feita, quase caiu mesmo, devido à Natureza bravia. O Amor ao avesso feito um elo inquebrantável que só o casal longevo conhece. A rotina apaziguava a tormenta, e a vida seguia igual. Até que a Natureza pródiga e cruel fez com que Dona Jussara sentisse uma anunciação. E o anunciado não se fez de rogado: a olho nu, Dona Jussara assistiu a um eclipse que aconteceu devagarzinho. Primeiro, uma nesga preta e curva no Sol. Depois, alargando-se, sem achar oposição. O escuro avançando... avançando... encobrindo a luz do Astro Rei. Noite em pleno dia. Depois, tempestade, raios e prenúncios de vazios. A mulher na intempérie. Suas mãos geladas, o marido as acolheu de volta à casa, olhos nos olhos, anoitecendo...

Depois do eclipse, Dona Jussara passou a reclamar que o dia se fechava, isolando-a do seguinte. E tentava explicar:

– Meu dia é um episódio fora do enredo.

Seo Phidélis escutava e pedia:

– Me espere.

Mas a mulher iniciara sozinha uma jornada para outra esfera. A sombra em seus olhos prosperava. Seo Phidélis sofria.

Sofrimento somado a um grande espanto do patrão a empregada testemunhou, comovida, hoje: o homem, de posse da chave sempre guardada por Dona Jussara, abriu a despensa e se deparou com o vinho de jabuticaba numa vasilha de louça e, vazia, a antiga garrafa.

– O que é isso? – perguntou à criada.

– Isso é isso: a Dona Jussara se esqueceu completamente de envasar o vinho que ela mesma fez com as jabuticabas daqui de casa.

– Em lugar do Montalcino?

– O Montalcino, ambos já o saborearam na época certa. A garrafa antiga que ela sempre abasteceu, deixou preparada para receber o caseiro.

Atordoado com a revelação, o homem sentou-se numa antiga cadeira de palhinha. Assim que o impacto se diluiu em sua mente, viu-se diante do dilema: servir ou não servir o vinho que a mulher viera criando durante todos esses anos como se fosse o mesmo do dia do casamento.

– Ou confesso a farsa? Será?

Titubeava cada vez que um raio riscava seu pensamento: será? Por que ele nunca conseguira a chave secreta da mulher? Poderia ter tentado. Então saberia o que Jussara elaborava secretamente. Chegara a desconfiar de infidelidade. Ah! Que ela escondia algo, escondia, sim! Toda a pose de senhora, quem diria, fazia vinho às escondidas!!! Talvez ele não tivesse se conformado com apenas rondar a despensa... Talvez não tivesse sido impedido de pegar a chave secreta e desvendar a artimanha da mulher. Bem que a vira, ano após ano, na cozinha, lidar com o tacho cheio de jabuticabas na trempe do fogão. Então era nesta despensa que perpetrava a farsa! Tudo se subordinava à ordem prescrita, pois não? Como dono da casa, poderia ter botado abaixo a porta, destruído as paredes e fazê-las areia! O que o impedira? Nunca fora adepto da violência. Todos o conheciam como uma pessoa de mente aberta e um coração que só sabe amar. No curso de seu pensamento, a impressão de que estivera ali presente, contribuindo para a elaboração do vinho caseiro. Que mistério é esse? Fui cúmplice? Por que essa luz do final do dia me invadindo? Livre o choro. Com as costas das mãos, o homem enxugou as vistas nubladas:

– Fui cúmplice! Cúmplice da transformação do Montalcino neste vinho caseiro que sempre me deu a força de viver.

Então, com as próprias mãos e lágrimas, o homem realizou o envase do vinho caseiro ora servido pela empregada a todos os convivas que rolam as taças, fazem o buquê e o reconhecem como o melhor, não apenas pela chancela do patriarca, mas pela fé no mistério da transformação. E, neste justo momento, erguem um brinde ao Seo Phidélis e à Dona Jussara:

– Saúde!

Dia de visita

Emoldurada pelo umbral, Dona Senhorinha deixou-se ficar à porta da ala dos dormitórios. Fitou o pátio quadriculado que deveria percorrer até a grade de ferro que separa o asilo da rua.

– Vamos, Dona Senhorinha. Hoje é dia de visita – animou-a a cuidadora de jaleco branco. – Olhe lá, além da grade, as visitas no espaço livre da rua.

Esse incentivo mexeu com seus olhinhos protegidos por cortinas naturais. Embora não enxergasse o que havia além da grade, Dona Senhorinha moveu-se. A palavra visita pulsou em suas veias. Precisava alcançar a visita antes que escurecesse. Aproveitaria a luz a enrubescer-se ante seu olhar poente.

Então, pôs-se a descer o degrau da soleira. Ajeitou o olhar por baixo da máscara, plantou o pé direito com força, levantou o esquerdo, antecipando-se à cuidadora.

– Vou sozinha.

A cuidadora permitiu, em parte. A certa distância, cumpria seu dever de estar atenta, prestes a intervir se a velha oscilasse comicamente, perdesse o prumo e o rumo.

Mas a idosa manteve o corpo em equilíbrio condizente com o ritmo de seus pés apegados ao chão, arrastados com esforço.

– Dou conta.

Ainda caminhava. Sabia-se diferente das outras asiladas amparadas, sustentadas por bengala ou já na fase cadeirante.

De repente, soçobrou. Dona Senhorinha imergiu e voltou à tona.

– Onde estou? O que estou fazendo aqui? É Carnaval?

– É dia de visita, esqueceu? Por causa da pandemia, todo mundo usa máscara e mantém distância: as asiladas e cuidadoras, de cá; os visitantes, de lá. A paliçada, no meio. Obedecendo ao distanciamento, todos podem se ver entre as barras de ferro.

Dona Senhorinha não entendeu, mas obedeceu à cuidadora de duas máscaras, uma de pano, outra de acrílico.

– Caminhando... Vamos!

Dona Senhorinha desenvolveu, devagar, grande esforço. Seu vagar informava sua condição de casca de ovo.

Mais cedo, a cuidadora ouviu o diretor:

– Melhor proibir a visita, para conter o vírus.

– Também não altera em nada o estado dessa gente. Significa duas filas de cadeiras de roda ao longo da cerca, motivadas, em vão, por: "Tudo bem, pai? tudo bem, mãe? a tosse melhorou? tá tomando banho direitinho?" Do lado de dentro, o mutismo catatônico.

Dessa conversa vinda pela orelha da parede, a asilada já havia se esquecido. Mas algo ficou em sua memória antiga:

– Visita, visita, visita.

Ficou repetindo a palavra pra não esquecer, pois precisava contar à sua amiga Tixa sobre a visita. Porém, ao correr o olhar pelo vidro da janela esbatido pela luz da manhã, onde a criaturinha, calmamente, tomava seu banho de sol diário, Dona Senhorinha já não sabia o que dizer. A lagartixa também nada sabia, embora tivesse ouvido tudo. Impossível não ouvir as paredes, porque Tixa morava em seu quarto desde que entrara pela janela aberta, escapando da morte. A repulsa, a princípio, por aquela coisa transparente virou fraternidade. Tixa viera fragmentada. Praticara a autotomia para sobreviver. Assim como ela, que autotomizara vida afora. Com uma diferença: Tixa nem sabia onde perdera seus pedaços. Quanto a ela, seus fragmentos permaneceram em dois álbuns de retratos. Serviam para ilustrar os casos que contava a Tixa. História do que foi, porque o é lhe escapava antes que o pronunciasse. Uma galeria de *fois*: a fantasia de baiana aos oito anos, o vestido da festa de Santo Antônio, o namorado na inauguração do Cine Pathé, o noivo, as horas dançantes, o casamento, o marido, as crianças. Repetia tantas vezes a mesma história que Tixa perdia o interesse e voltava a abocanhar os incautos pernilongos pousados na parede branca.

– Ah! Então é assim? Cada uma por si? Você janta, enquanto eu me afogo nas aflições da insônia? A sós?

A mulher não se envergonhava de reclamar de sua irmãzinha de autotomia e solidão, que Tixa precisava de sermão para aprender a se importar com os outros.

A egoísta da Tixa só queria saber de saborear os pernilongos. Nunca se despedia quando, às vezes, desaparecia à noite. Sua ausência tornava mais pesado o silêncio. Muitas vezes, quebravam-no os sons aflitos manifestados pela orelha da parede: passos apressados, gritos pungentes. A asilada vizinha, aos berros. Um homem de bengala invadira seu quarto pra levar seu cordão de ouro e vestido de seda.

A plantonista punha ordem:

– Foi só um pesadelo. Acalme-se.

O que a animava a escutar a parede é que ainda ouvia,

embora o silêncio picotasse as vozes.

– Não é de bom tom ouvir conversas alheias.

Quem lhe disse isso? De que retrato de seu álbum veio a voz? Bom tom, bom tom, tentava atinar: o que seria isso? Ouvir povoa a solidão. A solidão é o único substantivo concreto.

Essas vozes do passado, vez ou outra, emergiam. Não as calava. Representavam a preservação do pouco de comunicação com o passado que ainda lhe restava. Ajeitava a orelha na parede quando o afã diário terminava. Momento mais fácil para ouvir o que falavam daquela interna que, vira e mexe, arrumava um fuzuê:

– Você lhe deu o remédio antes de dormir?

– Dei. Tem que pedir ao médico pra aumentar a dosagem.

– Um sossega-leão.

– Tomara que sossegue.

– Vai ter visita pra ela?

– Nunca recebeu visita. Dela só se recebe o cheque no fim do mês.

Novamente, a parede se calava. O asilo voltava a dormir. Também o escuro dormia até se extinguir. Menos a Tixa, que, desperta, passeava lá fora e só voltaria de manhã.

Dona Senhorinha dar-lhe-ia o troco: ignoraria sua existência. Mostrar-se-ia surpresa ante a criaturinha no vidro da janela, como se tivesse o prazer de conhecê-la naquele exato momento.

De dia, não ligava muito pra Tixa, até que, uma tarde, viu-a no guarda-roupa, furtando cor pra se enfeitar com três listras na pele, em forma de vê. Dona Senhorinha também vestira muitos figurinos vida afora. Suas mãos, nesse momento, usavam listras altas e duras. Azuis. Cercadas de desenhos marrons enegrecidos, espalhados em finíssima folha de papel.

Após irmanar suas listras às de Tixa, Dona Senhorinha abriu seu álbum de retratos. Primeiro, passou a capa dura. Dentro, uma folha macia com o retrato de um homem. De cima dele, retirou a película de celofane:

– Tixa, veja: meu primeiro pai.

Mostrou o retrato e contou-lhe que, quando filha adotiva, o primeiro pai vinha visitá-la. Então tomavam sorvete.

– Visita é igual a pai e sorvete.

Tixa, com certeza, tem pai que talvez não a reconheça, porque muda o figurino pra se camuflar. Tão jovenzinha que ainda se camuflaria em muitas peles, mas Dona Senhorinha, não. Vestira, em vida, sua última pele. Ali, todas vestiram suas últimas peles aquém-túmulo. Embora se iludissem quando Duas Máscaras dizia, diante da visita:

– Ela não está arrumadinha, bonitinha nesse vestidinho?

A visita sorria e concordava com Duas Máscaras, que aprontara a asilada para a visita.

Duas Máscaras sabia aprontar as asiladas:

– Deita pra botar a fralda, senão vai sujar o ladrilho, e eu que vou passar vergonha.

Depois, enfiava a roupa pela cabeça, puxava os braços para as mangas, estimulando a paciente:

– Anda, sua lerda!

Metia o pente com boa vontade no emaranhado do cabelo até alisar completamente a gaforinha. Nunca se esquecia, diante da visita, do autoelogio:

– Como o cabelinho arrumadinho ficou bonitinho!

– Penteio sozinha – dizia Dona Senhorinha para a cuidadora.

Essa frase tornara-se sua defesa sem unhas contra a impaciência ante a sua lerdeza. Dona Senhorinha era lerda, sim. Vestia-se devagar, caminhava devagar, respondia devagar. Embora tentasse acompanhar a pergunta, não dava tempo. Até que organizasse o objetivo e recordasse as palavras da resposta, a cuidadora já se fora para outro atendimento.

Pelo menos podia conversar com Tixa sem sofrer sustos. Conversar é bom. As palavras brincam como barulhinhos de chocalhos em sua língua. Se Tixa não fosse tão seletiva, poderia se comunicar com sua outra vizinha, a que não fala, balbucia sem parar:

– Mã mã mã mã mã mã mã mã... de novo: mã mã mã mã mã... sem parar: mã mã mã mã... sem trégua: mã mã mã mã mã... incansavelmente: mã mã mã mã mã... Não fosse o copo d'água e a pílula, interminavelmente...

Dona Senhorinha também fazia uso de pílulas e copos d'água, que a cuidadora lhe trazia à hora marcada. Não precisava se preocupar com a cor, a quantidade e o horário.

– Cuidado com essa daí. Não deixe os vidros por perto. Engoliu todos os comprimidos de calmante, e por isso decidiram interná-la.

– É ela? Pensei que fosse a do 501.

– A do 501, o Samu a levou, ruim do pulmão.

Dona Senhorinha falava pouco, mas falava. Ainda ouvia, principalmente as sirenes do Samu buscando os enfermos. Os camburões a levarem os corpos, não. Esses passavam sem a sirene ligada.

Quanto a enxergar, os olhos ainda davam conta. De onde se encontrava, conseguia ver a grade que se esforçava para alcançar. Talvez tivesse perdido a direção em algum momento, mas a cuidadora, atenta, caminhando a certa distância, pronta para intervir, corrigira seu trajeto:

– Viu? Conseguiu chegar, bonitinha.

Dona Senhorinha encarou a visita pelos espaços vazados da grade.

– Daqui a pouco, virei buscá-la. Cada visita tem meia hora. Imposição dessa pandemia. Já perdemos um interno, mas foi AVC. O Senhor compreende, né?

O visitante compreendia e endereçava afetuoso olhar à velha.

Dona Senhorinha também endereçava à visita seu olhar penetrante, como se percorresse a mina de ouro de Mariana. Garimpava a memória para achar o retrato correspondente à pessoa diante dela.

– Sou eu! Lembra?

Dona Senhorinha continuava a encarar a visita barrada pela grade de ferro, garimpando a mina, durante mais tempo do que dispunha. Não lhe acudia qualquer nome a pronunciar, mas a voz do visitante e seu olhar subiram pela grade inclemente, de baixo para cima, até atingir a cerca elétrica de dar choque em ladrão. Os retratos descolaram-se do álbum, tornando-se o tempo presente. Um tênue fio elétrico faísca e estala. Um calor alegre toca os braços da interna. O calor dos braços do noivo, no cinema, tocando os dela. Um sentimento longínquo, secreto, prazer infinito de dois seres em silêncio, transferindo um para o outro o que não carece de palavra. A interna fecha os olhos de prazer. Uma imensidão desce sobre sua cabeça. Sente a afeição mútua nas palmas das mãos do pai a acariciarem as suas. Imagens do noivo e do pai preenchem os espaços vazados da cerca... Momento sublime: a memória de doces retratos vivos. A interna sorri com os olhos, e o visitante, além da cerca, retribui com doçura. Inebriada de afeição, a interna permanece por longos minutos gozando o silêncio. Nem vê a cuidadora aproximar-se e despedir-se. Sente os braços a ampará-la de regresso ao quarto.

Antes de iniciar o reverso da travessia, a interna, num último olhar para a visita, sussurra:

– Sorvete?

O visitante responde, meigamente:

– Trouxe não, Mãe. Na próxima visita, eu trago. Prometo.

#tudocomeçanalivraria
#QuixoteDo2024
#Contoseoutrasletras

1ª edição [2024]

Esta obra foi impressa na Gráfica Formato
em papel Pólen Bold FSC® 90g/m²

MISTO
Papel
FSC FSC® C092828

Selo "FSC®" – Forest Stewardship Council® (Conselho de Manejo Florestal) é obtido por empresas que têm sua operação avaliada, garantindo que o papel usado na impressão é produzido de maneira ambientalmente adequada, socialmente benéfica e economicamente viável. A Formato é certificada desde junho de 2010.